婚約破棄＆国外追放された悪役令嬢のわたしが隣国で溺愛されるなんて⁉

～追放先の獣人の国で幸せになりますね～

目次

婚約破棄&国外追放された悪役令嬢のわたしが
隣国で溺愛されるなんて⁉
～追放先の獣人の国で幸せになりますね～

プロローグ　～その獣、危険につき～

その男が敵なのか味方なのか、判断がつかなかった。

軋《きし》む板戸を蹴り破るようにして飛び込んできた大きな黒い影。夕暮れの光によって、仁王立ちになった男の姿がシルエットになっている。

頭の上にはたくましい風貌に不似合いなかわいらしい獣の耳が生えていて、背後ではネコ科の長いしっぽがいらだたしげにパタパタと揺れていた。

「間に合わなかったか」

その男が、床に押さえつけられているわたしを見てつぶやいた。

薄暗い小屋の中は、夕日に赤く染まりはじめている。外れかけた扉の蝶番《ちょうつがい》がギィギィと音を立てた。

……だれ？　助けに来てくれたの？

それとも、新しい敵？

「おい、てめぇ何者だ!?」

「下手なことをすると、命はねぇぞ！」

わたしを拘束し、今まさに乱暴しようとしていたならず者は三人。そのうちのふたりが立ちあがる。

いかにもな風体の、柄の悪い男たちだった。薄汚れたシャツとズボンに、なにかの毛皮を巻いている。まともな狩人には見えないから、盗賊かもしれない。

その男たちの頭にも獣の耳があった。

彼らも、新しく入ってきた男も、獣人なのだ。

わたしに覆《おお》いかぶさっているリーダー格の大柄な男は、ちらりと出入り口を見ただけだった。

「おまえら、片づけとけ」

その声を受けて、ふたりのならず者が新たな男に飛びかかっていく。

「うわっ」

「なんだ⁉」

——え？

一瞬、なにが起きたのかわからなかった。

男に向かっていった盗賊ふたりが吹き飛ばされ、大きな音を立てて小屋の壁にぶつかる。ぶわっと砂ぼこりが舞った。

なに？　どうしたの……？

わたしの足の間にいるリーダー格の男も動きを止めて、彼を見る。

夕暮れの光に浮かぶ黒いシルエット。

たくましい体躯、丸みを帯びた三角の耳に細く長いしっぽ。

その男は目を細めてわたしを見ると、低い声で言った。

「生きたいか？」

光に目が慣れるにつれて見えてきた男の身なりはこざっぱりとしていたが、あまり見たことのない異国風の意匠《いしょう》だった。鋭い琥珀色《こはくいろ》の瞳は冷たく澄んでいる。

突然現れたこの獣人を信じていいの？

彼は本当にわたしを救ってくれるの？

しかし、わたしに選択肢はない。汚い床に押さえつけられ、足の間には息を荒らげた暴漢がいる。

「……生きる。生きたい」

わたしは朦朧《もうろう》とした頭で、それでもできるかぎりの力を視線に込め、男を見つめた。

「わたしを助けて！」

男はひとつうなずくと、たちまち姿を変えた。白い閃光《せんこう》が走り、その中に大きな獣が現れる。


——黒豹。


それは、漆黒の豹だった。

宵闇《よいやみ》にまぎれ大型の獲物すら単独で仕留める、生まれながらのハンター。真っ黒な短い毛皮には、斑紋《はんもん》がうっすらと浮かびあがっている。

獰猛《どうもう》で危険な獣。
だけど、恐ろしいほど美しい。
黒豹の猛々《たけだけ》しい咆哮《ほうこう》をわたしはただうっとりと聴いていた。

第一章　悪役令嬢、追放される

「アナスタージア・クラリース、私はあなたとの婚約を今ここで破棄する」

「ヴィンセントさま……!?」

　時をさかのぼること数日。

　レスルーラ王国の主《おも》だった貴族が集まった王立学園の卒業パーティーで、わたしは王太子ヴィンセントに婚約破棄を言い渡された。

　そのとき、わたしは突然前世の記憶を思い出したのだ。

　わたしは、小山佳奈《こやまかな》。そう、佳奈という名前だった。彼氏いない歴二年、ごく平凡な二十八歳の会社員。

　いや、違う。会社員、だった。過去形だわ。享年《きょうねん》二十八歳。

　なぜ死んだのかは思い出せないし、人間そう何度も命を落とすものじゃないとは思うけど、とにかく一度は死んだ。

　つまり……わたし、もしかして異世界に転生している？

　わたしは佳奈だけれど、同時に別の名前も持っていた。混乱する頭にもうひとつの名前が浮かんでくる。

レスルーラ王国の伯爵令嬢アナスタージア・クラリース、十八歳。

わたしには、アナスタージアとしての記憶もあるみたい。この国の家族のことも、礼儀作法も、一応覚えている。

目の前には、夜のような紺色の髪に、深い藍色の瞳。豪奢《ごうしゃ》な大広間を彩《いろど》る色とりどりの夜会服をまとった貴族たちの真ん中で、ひときわ輝くきらきらした甘い美貌の王太子ヴィンセント。

そして、貴婦人たちの間からひとりの娘が歩み出て、ヴィンセントの横に並ぶ。

甘そうなミルクティー色の髪に、柔らかい榛色《はしばみいろ》の瞳。ふわふわとしたかわいらしい雰囲気の少女だけれど、見かけによらず芯が強く、正義感にあふれていることを今のわたしは知っている。

「ええっ⁉　これって、『異世界プリンスと恋の予感』？」

「なに？　今、なんと言った？」

「い、いいえ、なんでもございません」

ミルクティー色の髪の彼女は〝ヒロイン〟だ。乙女ゲーム『異世界プリンスと恋の予感』、通称『いせプリ』の主人公。

そのヒロインの名前はジュリエット。そして、王太子ヴィンセントは〝メイン攻略対象者〟。

単刀直入に言おう。

この世界──わたし、小山佳奈が生まれ変わったここは、生前に愛好していた十八禁乙女ゲームにそっくりな世界だった。

ヒロインのジュリエットは平民だけれど、実はある伯爵の隠し子という設定だ。使用人だった母親は伯爵と恋に落ちて身ごもるが、行き先も告げずに姿を消す。

伯爵がようやく母娘を探し出したときには、ジュリエットの母親は亡くなっていた。ジュリエットは伯爵家に引き取られ、行儀作法や教養を身につけながらイケメンたちと出会って恋をする。

そんな王道の乙女ゲームだ。

攻略対象キャラはたしか、王太子、第二王子、宰相子息、騎士団長子息など。ちょっと記憶があいまいだけど、隠しキャラもいた覚えがある。

プレイヤーはそのうちのだれかを選び、イベントをこなして好感度を上げ、最終的にはそのキャラクターと結婚する。それが各ルートのハッピーエンドだった。

そして、わたしアナスタージア・クラリースは、豪奢《ごうしゃ》な金髪と冷たい美貌から〝レスルーラの金の薔薇〟とたたえられる伯爵令嬢で、レスルーラ王国王太子殿下の婚約者。

わかりやすい容姿に、ポジション。そう、アナスタージアは由緒正しい〝悪役令嬢〟なのだ。

とすると、これは悪役令嬢に正義の鉄鎚《てっつい》が下される、いわゆる〝断罪イベント〟？

いきなりそんなイベントの最中に、前世を思い出すなんて。わたし、この場をどう切り抜けたらいいの？

急によみがえった記憶に、頭は大混乱だ。黙り込んだわたしを、ヴィンセントが不審げに見ている。

とりあえずなにか言わなくちゃ。

えーと、アナスタージアはどんなキャラクターだったっけ。脳内で必死にゲームの設定と、まだ少しぼんやりとしている貴族令嬢としての記憶を探る。

彼女は典型的な高位貴族のご令嬢。プライドが高く、他人に負けることが我慢ならない。身分の低い者を見下し、傲慢《ごうまん》な態度できつい言葉を放つ。

またヴィンセントに対しては嫉妬深く、彼をめぐる恋敵には浅はかないやがらせを繰り返していた……はずだ。

「ヴィンセントさま、わたくしになにか落ち度がございましたでしょうか⁉　わたくしは未来の王太子妃として完璧に――」

わたしはそれらしく高慢な口調を作って叫んだ。ヴィンセントは悲しげな顔で、それでもはっきりと告げた。

「あなたは大切なことを忘れているようだ。高貴なる血筋に連なる者として、王族は常に慈愛の心を持ち、人々の模範とならなければならない。あなたがこれまでジュリエット・ウィバリー嬢にしてきたことを思い出すといい」

ヴィンセントとジュリエットの背後には国王や王妃、第二王子などの王族もそろっており、全員がわたしを冷たい目で見ていた。この婚約破棄は王太子の暴走ではなく、周囲の人たちにもちゃんと根回しされた決定事項なのだ。

「それは……」

ヒロインは、王太子ヴィンセントと恋に落ちる〝王太子ルート〟へ行ったのか。

王太子ルートとなると、このあと悪役令嬢のわたしがたどりつくのは、たぶん最悪の〝娼館エンド〟。ならず者の集団に凌辱《りょうじょく》され、外国の娼館に売り飛ばされて媚薬漬けになるという結末だったと思う。

「アナスタージア、あなたは同じ伯爵令嬢でありながら、もの慣れぬジュリエット嬢を見下してひどい言葉を吐き、いやがらせをしつづけてきた」

ジュリエット・ウィバリーは貴族になったばかり。まだ淑女教育の行き届かないところがあり、アナスタージアが注意することも多かった。

「わたくし、そのような真似はしておりません」

「今さら言い逃れはしないほうがいい。そのうえ、あなたは将来の王太子妃にふさわしくない行いをした」

ヴィンセントがきっぱりとした口調で断罪する。

「あなたは学園の成績優秀者で人望のあるジュリエットを妬《ねた》み、彼女を陥《おとしい》れるために話を捏造《ねつぞう》し、ウィバリー伯爵家の名誉を傷つけた。もう私の婚約者として、また王太子妃候補としてかばえるものではないのだ」

そう。わたしは——アナスタージアはジュリエットが憎かった。

大変な生い立ちなのに明るく素直で、周囲の人間の信頼をこともなげに得ていく。アナスタージアが努力しても得られなかったものを、彼女は簡単に手に入れる。アナスタージアには、ヒロインの姿がそんなふうに見えていた。

だからアナスタージアは裏から手を回し、ウィバリー伯爵家が公金を横領しているという噂を流た。佳奈の記憶を思い出した今では、なぜそこまでしたのかわからない。

れど、ここが本当に乙女ゲームの世界なのだとしたら、シナリオどおりに物事を進めるた強制力のようなものが働いていたのかもしれない。

人生の分岐を選択できるのは、プレイヤーであるヒロインだけ。そのほかの登場人物は、決められたルート以外は選べないのだ。ヒロインの物語を破綻させないために。

そう考えなければ不自然なくらい、アナスタージアはジュリエットとウィバリー伯爵家を追い落とさなければならないと強く信じていた。

硬直するわたしから目をそらさずに、ヴィンセントが硬い声で告げる。

「あなたの同意は必要ない。私との婚約を解消したうえで、ウィバリー伯爵家への償《つぐな》いとして、金《きん》獅子朝《じしちょう》ブライ帝国との緩衝《かんしょう》地帯にある修道院で祈りと労働を捧げることを命じる」

「……修道院……」

婚約破棄。そして実質的な国外追放であり、貴族令嬢としての終わりを意味する修道院送りの命令。

そういうゲームのシナリオだとはいえ、この世界で十八年間生きてきた記憶もある自分には大きなショックだった。

「あなたの父上も同意のうえだ。すぐに出立の準備をせよ」

アナスタージアにも家族がいる。現在はともかく、幼いころにはかわいがってくれていた親にも見捨てられてしまったということなの？

突然前世の記憶がよみがえった混乱と、婚約者や家族から縁を切られたという衝撃の中、なんとか淑女らしく優雅にドレスの裾をつまみ深々と最敬礼をした。こんなときでも、貴族令嬢として受けてきた厳しいマナー教育を体が覚えていることに我ながら驚く。

茫然自失のままクラリース伯爵邸に戻るが、両親はまだパーティーから帰っていなかった。迎えの馬車が早々に到着したので、わたしは事情を知らず戸惑う使用人に荷造りを命じた。

悪役令嬢のバッドエンド。わたしはこのあと、本当に娼館エンドへの道をたどることになるのだろうか。

なにひとつ抵抗できないまま、わたしは辺境へと向かう馬車に乗った。

どうあがいても悪夢から抜け出せないような絶望感にさいなまれながらも、長年かぶりつづけてきた令嬢の仮面を外すことはできず、わたしは誇り高く冷淡に振る舞いつづけた。素直に涙を流すことはどうしてもできなかった。

木々の生い茂る深い森。道にはみ出した枝が時折馬車の車体をかすめて、鞭《むち》のような鋭い音を立てた。

わたしを乗せた馬車は、ガタガタと揺れながら国境へと走っていく。

最初の数日は整備された街道を走っていたのだけれど、次第に道は細くなり、路面も石くれ ら荒れたものになっていった。

とある修道院に向かっているとはいえ、こんな山深い場所を通るものなのかしルーラ王国の軍も辺境を警備するために常駐しているし、それなりに王都との行き来があるはずなんだけど……

わたしは王都からほとんど出たことがないので、この国の道路事情はよくわからない。それに、そんな疑問を覚えても、わたしを護送する一行の中にそれを問える相手もいない。

漠然とした不安を抱えたまま、簡素な宿に宿泊するとき以外馬車から出ることもなく、悪路に揺られつづけていた。

「いつになったら、到着するのかしら」

囚人用とは思えない、それなりにきちんとした馬車だったけれど、さすがに腰が痛い。

長いため息をついたとき、急に馬車が止まった。

「おい、降りろ」

外から扉が開けられて、監視役の騎士が声をかけてくる。

「え？　こんなところに修道院があるのですか？」

「ごちゃごちゃ言うな。ここが、終点だ」

騎士がいやな笑い方をした。背筋がゾクッとして、体が小刻みに震える。

なにか妙なことが起こっている。だって、ここはどう見ても修道院じゃない。

建物どころか人の気配もない、薄暗い森だ。

周囲はなにやら恐ろしげな生き物の気配に満ちていた。かん高い鳥の鳴き声に、遠くから聞こえる獣の遠吠え。

「ここで待っていろ。迎えが来る」

そう言い残すと、馬車と数人の護衛はわたしを置いて去っていく。

「ええ、どうして？　ちょっとあなたたち、お待ちなさい！　あ、お願い、待って！」

小走りで追いかけようとしたけれど、わたしの足ではもちろん馬になんか追いつけない。

わたしは呆然として馬車を見送った。

「嘘……。また裏切られたの、わたし？」

スマートフォンとかGPSとか、文明の利器なんてなにもない。せいぜい中世か近世ヨーロッパ程度のツールしかないこの世界で、山奥に女をただひとりで放り出すのは、死ねというのとほぼ同じ意味だ。

「これは無理ゲーよね」

荷物はない。持ち物は今着ている服だけ。

なかなかグラマラスなボディにまとっているのは、ハイウエストのワンピース型ドレス。ややくたびれた淡い青色のドレスは佳奈的にはシンプルでいいと思うのだけど、アナスタージアだったら『レースの飾りひとつついていないなんて』と不満を言いそう。

いずれにしてもこの森ではなんの役にも立たないどころか、動きづらくて邪魔だ。

「はぁ。迎えが来るとは言っていたけど、どんな類《たぐい》の迎えかも疑わしいし」

山で遭難したときは、山頂を目指すんだっけ？　えーと、逆だったかしら。もっと前世でアウトドアの知識を身につけておけばよかった。

「とにかく人がいそうなほうに行くしかないか。……ん？」

やけっぱちになって、だれにともなくブツブツつぶやいていると、木々の向こうから人の声がした。なにを言っているのかわからないが、動物の鳴き声じゃないのはたしかだ。

よかった、人がいるなら餓死することはなさそう。

そうほっとするのと同時に、どこかいやな予感もした。次第に近づいてくる人の声が、複数の男のものだったから。

ここにとどまって助けを求めるべきか、それとも見つからないように隠れるべきか。佳奈としてもアナスタージアとしても経験のない出来事におろおろしていると、あっという間に茂みの中から三人の男が現れた。

「おっと、お嬢さん、こんなところでなにをしているんだ？」

「へぇ、迷ったのか？」

「これはべっぴんさんだなあ」

ああ、とりあえず隠れておけばよかった！

後悔しても、もう遅い。男たちはにやにやと笑いながら、わたしを取り囲む。

柄のよくない男たちの頭の上には、獣の耳があった。彼らは獣人だ。そうか、もう隣国の金獅子朝ブライ帝国に入っていたんだ。

「今日はついているな」

「森番の小屋に行こうぜ」

獣人のひとりがわたしをいやらしい目で見ながら、軽々と捕まえて肩に抱えあげた。

「いやっ！」

米俵《こめだわら》のように担ぎあげられているため、おなかが男の肩に食い込んで痛い。

「なにをするのよ、やめて！　放してよ！」

「へえ、いいところの娘に見えるのに、庶民みたいな口をきくんだな。だが、せっかくだから、交尾の最中はお嬢言葉で頼むぜ」

「こ、こう……!?」

「そう、人族は獣人の性交を交尾だとばかにするんだろう？」

「そんな」

「それに、お高くとまった女を無理やり犯すほうがおもしろいからな」

くっくっと含み笑いをした男をこれ以上喜ばせたくなくて、わたしは押し黙った。歯を食いしばって、おなかの痛みとこれから起こるだろう出来事への恐怖を抑えつける。

できるだけ冷静でいなければ。きっと逃げ出す隙はある。わたしはもう佳奈のときみたいに早死にしたくない。

そのまま山道から少し入ったところにあるおんぼろな小屋に連れ込まれ、かろうじて動物の毛皮が敷かれただけの汚い床に放り出された。

くさいし、ほこりっぽい。

とっさに周囲を見回すと、明かり取りの小さな窓は木の板で覆《おお》われており、外と繋がっているのは壊れかけた扉のついた出入り口しかない。あの扉から飛び出せるだろうか。

男のひとりが窓をふさいでいた板を持ちあげて、つっかい棒で支える。薄暗い小屋の中が少しだけ明るくなった。ガラスの入っていない素通しの窓から、かすかな風が入ってくる。

その細い午後の日差しの中、三人が下卑た口調で話しはじめた。

「だれの子を孕《はら》むか賭《か》けようぜ」

「そんなの兄貴に決まってる。賭《か》けにならないじゃねぇか」

「じゃあ、処女は俺がもらうが、あとはおまえたちが三回やるごとに、俺が一回だ。それなら公平だろう」

リーダーらしき男がニヤニヤと笑って、わたしの下腹部をなでる。

「ええ？　いいんですかい。兄貴の精力じゃ我慢ならねぇんじゃ」

「その間、口淫させておくさ。口なら孕《はら》まねぇ」

「兄貴なら孕《はら》ませそうだぜ！」

獣人は絶倫が多いと、貴婦人方の噂で聞いたことがある。もちろん〝絶倫〟なんて直接的な表現ではなかったが、要するにそういうことだ。もうすぐ結婚することが決まっていたわたしは、既婚の夫人が集まるお茶会に呼ばれることもあった。

そんな獣人に輪姦されるなんて、考えたくもない。わたしは起きあがろうとして身をよじった。

「これから武装した迎えが来るはずよ！　今のうちに帰して」

でも、男たちに軽く押さえつけられるだけで、まったく身動きができなくなる。

「ふうん、勇ましいな」

口先だけだと思われているのか、軽くあしらわれた。

悔しいが、彼らは正しい。わたしを置き去りにした騎士たちが言っていた〝迎え〟がだれなのかすら、わたしは知らないのだ。

なんとかほかにチャンスはないかしら。わたしは脱出の糸口をつかむべく、獣人の国についての噂話を必死に思い出そうとした。

——さまざまな種の獣人たちが住む国、金獅子朝ブライ帝国。

わたしの祖国レスルーラ王国とブライ帝国は広く国境を接しており、長い期間、戦争をしていた。ようやく和平条約が結ばれたのは十年前。

最近では、かつての敵国であったブライ帝国に、政略で嫁ぐ令嬢がぽつりぽつりと出はじめた。その女性たちがもたらす、人族の営みとの違いに関する情報にみんな興味津々で、既婚女性だけの集まりでは性的な話題が出ることも多かった。

獣人との性交、いや、妊娠には特質があるという話もあった。

彼女たちによると、獣人の精が強ければ強いほど妊娠する可能性が上がる。とくに精強な獣人が膣内射精をすれば、ほぼ確実に子を宿すのだそうだ。その相手が人族であっても。

そして、短い期間に複数の相手とセックスした場合、もっとも強い相手の子を孕《はら》むのだとも聞いた。

獣種によっては、婚姻関係を結ばないまま複数の相手と関係し、母系の血をつないでいくこともあるらしい。強い血を残すための進化なのかもしれない。

「おい、まずこれを飲ませるぞ。処女でもよがり狂う薬だ」

突然耳に飛び込んできた不穏な言葉に、背筋を寒気が走った。

処女でもよがり狂う……？

催淫剤、つまり媚薬なのかもしれない。

強制的に女性をその気にさせる薬は、もちろん違法だ。けれど、レスルーラの貴族社会でもひそかに出回っているらしく、舞踏会で男性とふたりきりになるときは気をつけるようにと注意されたことがある。

「いや！　媚薬なんて!!」

腕も足も拘束されて動けないけれど、精いっぱい抵抗した。すると、ひとりの男にうしろから羽交い締めにされて、もうひとりに鼻をつままれる。

息ができない。苦しい！

思わず口を開いたところに大きめの丸薬を突っ込まれた。苦そうな黒っぽい色をしているのに薬は甘く、口内ですぐに溶けはじめる。

獣人のリーダーが、懐《ふところ》から取り出した小型のナイフでドレスの前身頃を引き裂くと、大きめの胸がまろび出る。

「いい体をしているな」

男たちがごくりとつばを呑んだ。

ああ、せっかく前世を思い出したのに、なにか役に立つ知識はないの!?

焦りと恐怖で頭が空転する。嫌悪感しかないはずなのに、下品に笑う男たちにまさぐられているうちに体が熱くなってきた。これが媚薬の効果なのか。

次第に、頭が朦朧《もうろう》としてくる。下半身がずくずくとうずき、足の間がおもらししたように濡れてきたのを感じた。

「いや……」

息を荒らげたリーダーの男が、陰茎をわたしの足の間に何度かこすりつける。ただ順番を待っている状況に我慢できなくなったのか、残りのふたりもわたしの手を使って自慰を始めた。

「おまえら、そんなに慌てるな」

リーダーはそう言いながらも、さらに彼らをあおるように、硬く張りつめた欲望をわたしの芯芽に押しあてる。ぐりぐりとえぐられると、鋭い快感が脳裏を駆け抜けた。

「やぁっ、あぁぁっ、あぁぁん!」

絶対に感じたくなんかないのに体が反応してしまう。

悔しくて男を睨みつけると、彼は楽しそうに大声で笑った。

「いいねえ。もっと焦《じ》らしてやろうか」

リーダーの男は小さな虫をなぶり殺しにするように、わたしにじわじわと屈辱を与えることにしたらしい。一気に挿入はせず、手に持った陰茎でクリトリスの周辺をこする。

「あっ、ああっ! だ、だめぇっ……!」

「すげえ色気だな。兄貴、すみません。先に一回いくぜ。ううぅっ」

「俺も、もう我慢できない。で、出る！」

獣人の濃い白濁が、ものすごい勢いでわたしの手のひらを汚していく。

明かり取りの小窓では換気が間に合わないくらい、狭い山小屋に精液の生臭いにおいが充満した。

「もうやめて。お願い」

「くくっ、もっと懇願してみろよ。言うことは聞かねぇけどな。さぁ、そろそろ本番だ。俺のでかいのを挿れてやる」

「だめ……」

抵抗の言葉が口をついて出るけれど、その叫びとは裏腹に心をあきらめが覆《おお》っていく。

もう本当にだめなのかもしれない。わたしの今世も、これで終わるのかも。

国を追放され暴漢に襲われた挙げ句、娼館に売られてしまう――〝悪役令嬢〟の最悪のエンディング。

わたしはゲームのシナリオからは逃れられないんだ。本当に、媚薬漬けの娼館エンドになってしまうのね。

絶望がぼんやりと麻痺した頭の中に居座っていた。

「あ、ん、やぁ……あぁぁぁっ」

獣人の大きな亀頭が、媚薬にとろけた蜜穴にめり込みかける。

その瞬間――

バタンと大きな音がした。

そして、閉ざされた空間に、涼しい風のような低い声が響く。

「――間に合わなかったか」

わたしを犯そうとしている男たちの声ではない。

「……え？」

出入り口から、扉の形に切り取られた夕日が差し込む。どうやらさっきの大きな音は木の扉が蹴破られた音だったらしい。

その壊れた扉から入ってきたのは、背の高い男だった。

「あ、あなたは？」

この男も、獣人だ。

ネコ科の獣人なのか、頭に丸みを帯びた三角形の耳が生えていて、うしろには細く長いしっぽも見える。

いったい、だれなの？　敵？　それとも味方？

「おい、てめぇ何者だ⁉」

「下手なことをすると、命はねぇぞ！」

下半身を露出したままのふたりが、黒いシルエットに飛びかかっていった。

「うわっ」

けれど、ふたりはあっという間に吹っ飛ばされ、壁に激突する。激しく砂ぼこりが舞った。

何事もなかったかのように静かにたたずむ彼は、今まさに処女を失いかけているわたしをじっと見た。

「生きたいか？」

この人は少なくとも暴漢の仲間ではない。それだけは、はっきりとわかった。

男の単純な問いかけが、媚薬で濁った脳に染み込んでくる。

わたしは、生きたいの？

こんなろくでもない男たちにドレスを引き裂かれ、あられもない姿で押し倒されているさまを見られてしまった。

生粋《きっすい》の淑女なら自害して果ててしまいそうなそんな状況で、わたしは生きていたいのか？

それに、たとえ助けられても伯爵令嬢だったときのような経済力も権力もなく、それどころか生活を助けてくれるうしろ盾もなく、本当に生きていけるのか。いっそここで死なせてもらったほうが楽なのではないか。

わたしは――

「……生きる。生きたい」

できるかぎりの力を瞳に込めて、わたしは男を見つめた。

「わたしを助けて！」

突然、白い閃光《せんこう》が走った。

まぶしい光がおさまったかと思うと、その中から急に現れた真っ黒な豹が大きな咆哮《ほうこう》を上げた。

黒豹は、わたしの上にいる男に食らいつく。

だが、ならず者もさすがは獣人で、素早くそれを避け、飛びすさった。しかし、黒い猛獣は瞬時に体勢を立て直し、ふたたび男に襲いかかる。

「ぎゃっ」

男が叫んだのと、黒豹が男の喉もとに噛みついたのは、ほぼ同時だった。

黒豹は叫び声を上げつづける男をくわえたまま、わたしにうかがうような視線を向けた。そして、ふいと顔を背けると、男を軽々と小屋の外に引きずっていく。

外から、切れ切れに断末魔の声が聞こえた。

もしかしたらあの黒豹は、わたしに血を見せないようにと気を遣ってくれたのかしら。まさか、ね。

黒豹は男の悲鳴が消える前に戻ってくると、壁際にうずくまる男たちをひとりずつ外に連れ出していった。

……終わったの？　わたしは助かったの？

まだわからない。あの黒豹の獣人が何者かも判明していないのに、油断してはいけない。

そう思いながらも、わたしの緊張の糸はぷつっと切れ、視界がたちまち真っ暗になったのだった。

わたくしはアナスタージア・クラリース。

黄金色の髪と氷のような青い瞳を持つ〝レスルーラの金の薔薇〟。人族の国、レスルーラ王国の伯爵令嬢で社交界の花。将来の王母となることを約束された、王太子の婚約者だった。

そして、わたしは小山佳奈。

今、この体の決定権はわたし、佳奈にある。アナスタージアの意識はたぶん佳奈に塗り替えられていて、その記憶だけが古い思い出のようにわたしの中に存在している。

そんなわたしの前世は庶民も庶民。しがない中小企業の事務職をしていた、享年《きょうねん》二十八歳の会社員だった。彼氏いない歴二年。二十八年間でつきあった人は三人。

最後の彼氏とは結婚する予定だったけれど、会社の後輩に略奪され、結婚直前にふられた。佳奈の地味な人生で、もっともドラマチックな出来事だった……

『また裏切られたの、わたし？』

国境の森で馬車から降ろされたとき、真っ先に思ったことがそれだったのは、その佳奈の記憶があったからだ。

わたしは前世で恋人に裏切られ、今世でも婚約者の王太子に捨てられた。捨てられたというのは単なる比喩《ひゆ》ではなく、物理的な話でもある。

わたしを修道院に送るはずだった馬車は、わたしひとりを置いて去っていったのだ。人けのない深い森の中に。

佳奈としての前世とアナスタージアの過去がマーブル模様のように脳内で入りまじり、うなされながら寝返りを打つ。すると、まぶたの裏に、赤い光がちらちらと点滅しているのに気づいた。

「光……？」

うっすらと目を開けたら、小さな炉の炎が見えた。暗い小屋の中をほのかに照らす、煮炊き用のかまど。男の大きな背中がそのかたわらで暖を取っている。

春先の夜はまだ少し冷える。それなのに。

「……熱い……」

甘ったるい熱が体をむしばんでいた。皮膚は冷たいのに、皮一枚を隔てたほんの数ミリ内側が燃えるように熱い。

媚薬のせいかしら。

ん？　……媚薬？

そうだ。わたしはあの卑《いや》しい男たちに媚薬を飲まされたのだった。

「いや……」

ぎゅっと目をつぶる。体の奥のほうから熱が込みあげて下腹部に滴《したた》り落ちる。まるで性感帯が発火したようだ。

「水、飲めるか？」

ふたたび目を開けると、すでに黒豹の姿を解いた黒い髪の獣人がわたしの唇に水筒の口をあてていた。

ああ、たしかにすごく喉が渇いている。

少し口を開くと、ぬるい水がゆっくりと喉を潤していった。

「……痛っ」

もっと飲みたくて体を起こそうとしたけれど、あちらこちらが痛くてうまく動けない。黒豹の獣人がそっと背中に手を回して、起こしてくれた。

勢いよく飲みたくて水筒を傾けようとする。でも、一定の角度から動かない。

「……？」

「ゆっくり飲めって。急に喉を刺激したらむせるだろ」

「あ……はい」

どうやら水筒は彼の手で押さえられていたようだ。高級な葡萄酒《ぶどうしゅ》を味わうように、慎重に水を口に含んでいく。熱と渇きがだいぶ楽になった。

「少しは意識がはっきりした？」

「ええ、そうね」

まだわたしの背中を支えてくれている男を見あげる。

瞳は琥珀色《こはくいろ》。襟足が隠れるくらいの少し長めの髪は真っ黒で、わずかに癖があった。わたしよりも少し年上だろうか。二十二、三歳に見える。

黒豹の青年は軽く肩をすくめた。

「それはよかった。まぁ、最高の状態ってわけじゃないが、とりあえず生きたいというあんたの望みは叶ったもんな」

彼は男らしい美形だったけれど、おどけたような表情を浮かべていて、ちょっと軽薄そうな雰囲気だった。

ならず者たちと戦っていたあの精悍《せいかん》な黒豹とは、イメージがずいぶん違う。豹というよりも、気まぐれな大型の猫みたい。

「助けてくれてありがとう。……助けて、くれたのよね？」

「まあ、一応ね」

「あなたのお名前は？　わたしはアナスタージア。家の名はないわ」

一瞬なにかを躊躇《ちゅうちょ》するかのように間を置いたあと、彼は名乗った。

「俺は、イーサン。アナって呼んでもいいかな？」

『アナ』と親しげに呼ばれ、思わず胸の奥が震えた。これまでにわたしを愛称で呼んだのは、子供のころの両親だけだ。

懐かしさと切なさに胸が締めつけられた。

黒豹の獣人――イーサンはわたしを助けてくれたけれど、本当に信頼できる人なのかはわからない。前世風にいうとチャラそうなイメージで、なりゆきで助けてくれただけの遊び人の可能性もある。それなのに、その胸にすがりたくなった。

相手はだれでもいいのかもしれない。ただ、心が他人に甘えたがっている。

だめ。しっかりしなくちゃ。

これからなにが待ち受けているのかわからない。どんな状態でも生きると決めたのだから、自分の足で立たなければ。

「実は話があるんだ、アナ」

イーサンはわたしを横目で見て、あっさりとした口調で告げた。

「あのさ、あんた、ほぼ確実に妊娠すると思うよ」

「え？」

「三人がかりじゃな。やつらがそこらへんのチンピラだったとしても、数打ちゃあたるだろう。獣人は、人族よりも精が強い。おそらく妊娠させられるはずだ」

もしかして、彼、誤解している？　わたしがもうやつらに凌辱《りょうじょく》されたあとだって。

たしかに、あの惨状だ。

わたしの太ももの間ではリーダーの男が腰を前後させて、勃起した陰茎を秘所になすりつけていた。それにほかのふたりも両側でたっぷりと射精し、周囲にはすでにツンとした独特の精子のにおいが漂っていたのだ。

もう乱暴されてしまったあとに見えたかもしれない。

どうしよう。なんて説明したらいいんだろう。

「あの……」

わたしはドレスの胸もとをぎゅっと握りしめようとして、気がついた。

ドレスはあの男にナイフで破られたはずだった。それなのに、体が布に覆《おお》われている。

ドレスの代わりにつかんでいたのは、質素な黒いマント。

「これは？」

イーサンを見あげると、彼の表情が消えていた。彼はわたしの疑問には答えず、なにを考えているのかわからない無表情な瞳でわたしを見つめる。

そして、ひと呼吸置いてから、口を開いた。

「俺が、あんたを抱いてやるよ」

「え？　……は？」

わたしはびっくりして、口をぽかんと開けたままイーサンを凝視した。

まさか、そんなことを言われるとは思いもしなかった。やっぱりこの人も、あの男たちと同じで体が目当てなの？

「なにを、えぇぇ!?」

「落ち着いて聞けって。いいか？　獣人との性交や、妊娠の特徴については知ってる？」

「それは一応。その……複数の獣人と関係を持った場合、より強い者の子を身ごもるって聞いたことがあるわ」

「そう。俺が抱けば、あんたはあいつらではなく俺の子を孕《はら》むことになる。俺のほうが断然強いからなー」

イーサンはわたしから目をそらし、ため息をついてかまどの火を見つめた。

「もし子ができたら、まぁそれなりに面倒は見るさ」

「それなりにって」

「盗賊の子として生まれてくるよりはマシだろ？」

「そうじゃなくて……」

「あんたが満足できるような暮らしができるかどうかは、わからないけどな」

えーと。わたしの頭、ぼんやりしていないで、もう少し働こうか！

つまり彼はわたしが妊娠する可能性があるから、それを無効にして、代わりに自分の子を生んだほうがいいって言っているの？

そのうえ、路頭に迷いかけたわたしの生活の面倒を見てくれると？

「それって、わたしに都合がよすぎない？　通りすがりのわたしを助けてくれたうえに、子供まで……」

「ふーん、なんか文句でもあんの？　俺じゃ不満だとでも？」

挑発するようにあごを上げて、わたしを見おろすイーサン。

「だって」

次第にうさんくさく思えてきた彼の顔を斜めに見あげる。

この人、わたしをだまそうとしてる？　もしかして体《てい》のいい詐欺師なのかしら。

イーサンはにやりと笑った。

「ま、なんだかんだ言っても、これからあんたを抱くから覚悟して」

『あんたを抱く』という彼の声に誘われるように、体の芯から熱が込みあげてくる。媚薬のせいか、ずっと熾火《おきび》のような欲望が胎内にくすぶっていたのだ。

「…………」

でも、うずくのは体だけじゃなかった。胸の奥がじくじくと鈍く痛む。

なんの地縁もない国で、ひとり生きていかなければならない。いくら前世の記憶があるといっても、今世はお嬢さま育ちのわたしにできるのか。

そんな不安が一瞬胸をよぎって、イーサンに真実を打ち明けるタイミングを失った。

この人に抱かれてしまえば、とりあえず生活していけそうだという女の打算と、苛酷な状況で頼れる相手を逃したくないという心細さ。

自分の力で生きると決めたそばから、こんなふうに心が揺れるなんて。

わたしはずるい。臆病者だ。

イーサンの薄い唇がゆっくりと近づいてきて、静かにわたしの唇に重なる。唇から全身へと甘美な痺《しび》れが走った。

「あぁ、イーサン……」

イーサンの舌が優しい愛撫のようにわたしの上唇を舐める。わずかに口を開くと、舌が熱い口内に入り込んできた。

「……アナ」

腰に響く低い声。わたしの名前が、ひどく甘く感じる。

こんなに頭がくらくらするのは、単なる薬の副作用だ。このときめきは、危険な薬が見せる幻にすぎないのに――

「体が熱いの。もっと口づけて」

わたしは恋人にねだるような甘えた口調で、自分から口づけを求めた。

男の舌がさらに深いところをかきまわす。上あごをくすぐり、下あごをねぶり、わたしの舌に食らいつく。

彼の舌で口の中がいっぱいになる。同時に彼の口内にはわたしの舌が入り込み、ふたりの舌が一匹の獣のようにひとつになって絡みあった。

「んっ、あ、あぁ、あん……」

こんなに口づけが気持ちいいのは、媚薬のせい。

危機を救ってくれた人、行き場所のないわたしを受け入れてくれるかもしれない男に、気持ちが揺れているわけじゃない。

イーサンが黒いマントをわたしの肩からはずした。その厚手のマントを床に敷き、わたしをそっと押し倒す。

盗賊たちに襲われたときのような痛みを背中に感じることはなくて、ひそかにほっとした。

「……あっ」

大きな影にのしかかられ、胸の先端を吸われる。ツンと立ちあがった乳首が、薄い唇に挟まれて震える。厚い舌がその尖りを舐め、乳房に食い込むほど強く押し潰す。

「やぁっ、ああん……。あっ、あぁっ……」

乳首をくわえられているだけなのに、すさまじい快感だった。

器用な指先にもう片方の先端をくりくりといじられると、足の間から愛液があふれる。

「ぁ……っぁ、だめ、だめ！　だめ、乳首だけでいっちゃう……っ」

するると、イーサンが顔を離してしまった。

「え……どうして？」

「あんたがだめだって言ったんだろ？　乳首でいきたくない？　中がいい？」

「そんな、わたし……」

頂《いただき》にのぼり切れずに放置され、どうしようもなく体がうずくけれど、さすがにあからさますぎる言葉を口にするのは恥ずかしい。

でも、物欲しそうな表情をしてしまったはずだ。

薄暗い小屋の端でチロチロと小さく燃える炎が、わたしたちをほのかに照らしている。イーサンの顔は影になって見えないけれど、少し笑った気配がした。

彼の長い指が両方の乳首を柔らかくこねまわす。

優しい手つきに、また快感がふくらんだ。

「ん、あぁ……」

見かけどおり、女性の扱いに慣れている。

「あぁ、だめ……。もう、おかしくなるから」

丁寧な愛撫に感じすぎて苦しい。いっそもっと乱暴に扱ってほしいくらいだった。

いっとき和らいでいた媚薬の効果が完全に戻ってきていた。

頭がぼうっとして痛さや疲れが遠ざかる。ただ性感だけが鋭く尖り、皮膚の表面が怖いほど敏感になっていた。

乳首を舐めるイーサンの頭を押しのけようとしたはずなのに、なぜか抱え込んでしまう。

黒髪の中に指を入れて衝動のままにかきまわすと、イーサンが顔を上げて、また口づけてきた。

「おかしくなれよ」

「イーサン……」

琥珀色《こはくいろ》の瞳がわたしを見つめる。

「あんたが気持ちいいことだけしてやるよ。だから、いくらでも感じろ」

片手はわたしの頭をなで、もう片方の手は太ももをさする。柔らかな気持ちよさが太ももから上半身へと静かに這《は》いのぼってくる。

「あぁ、それいいの。優しくなでて……」

「わかった。大丈夫だ、アナ。優しくする。安心していいから」

「うん……もっとして」

「これでいい？」

「……好き。イーサン……あっ、それ好きなの……！」

一瞬、イーサンが動きを止めて息を呑んだ気がした。けれど目を開ける前に、男らしい指に繊細なタッチでウエストやおしりをなでられて、今まで感じたことのない心地よさに溺れてしまった。

やがてイーサンの指が、蜜を垂れ流す秘所にたどりつく。

とろけたぬかるみの淫らな汁を指にまとわせると、彼は敏感な突起にそっとふれた。電流のような激しい痺《しび》れが頭を突き抜ける。

「あぁ、あぁぁん！」

「痛い？」

「ちが……っ、いいの、気持ちいい！」

そのままゆるくこすられ、あっという間にのぼりつめそうになる。

「快感に逆らわずに、いけ」

「あ……ん、いく！　いく、いっちゃう……！」

イーサンが強めに芯芽を押さえると、わたしはすぐ絶頂に駆けのぼった。

「はあああぁぁんっ！」

体がぴくぴくと痙攣《けいれん》する。

「あっ、あっ、ああ……」

欲情を発散したことで、少しだけ媚薬の効果が薄らいだ気がした。

息を荒らげて快感の余韻にひたっていたら、イーサンの指が潤んで脈打つ蜜口を探りはじめる。

指の先端が差し込まれたとき、わたしは思わず悲鳴を上げてしまった。

「……痛いっ」

「アナ？」

「う、ううん、なんでもないわ、平気」

いくら濡れているとはいえ、未経験のこの体は彼の指に抵抗する。指一本なのに、痛い。なにもないところをこじ開けられるような痛みだ。

イーサンが指を押し込もうと力を入れる。わたしはまた叫びそうになって、息を呑んだ。

「……っ！　やっぱり、無理……かも」

「…………」

「痛くて……」

イーサンが指を挿れたまま、わたしをじっと見ている。

「もしかして、あんた」

「は、はい」

「処女なのか？」

ばればれた……

うん、あたり前だよね。わたしも前世の初体験から年月が経ちすぎていて、初めての痛みなんて忘れていた。

媚薬で体はとろけているし、もっとこう、ツルンといくものかと思っていたのに。

「ご……」

「…………」

「ごめんなさい！」

体がすごく熱いし、イーサンの指が内側のうずく場所に届かないのがもどかしくて、涙がにじみそうになる。

「ほんとは、あの人たちに最後までされてない。でも、体がたまらないのは嘘じゃないの。媚薬を無理やり飲まされて……」

「わ、泣くなよ。わかった。悪かったって。勝手に誤解したのは俺だ」

「ごめ……なさ……」

「ううー、止まれよ、俺」

イーサンがうなって、煩悩《ぼんのう》を払うように頭を振った。

「惜しいけど、そういうことなら抱きはしないさ。あんたの発情だけしずめてやるから、もう泣くなって」

わたしの狭いそこに入ったイーサンの指が、浅い位置でゆっくりと動きはじめた。同時に腫《は》れた芯芽も軽く刺激する。

「安心しな。中も気持ちよくなれるように、膣壁もちゃんと刺激するよ。指と舌だけで満足させてやる」

「でも、あなたは……？」

「いいんだ。俺のことは気にしなくていいから」

「……ごめんなさい」

「あとで、ひとりで抜くさ。あんたのいやらしい姿を思い出すのだけは許してくれよ？」

それで、いいの？　前世で『据え膳食わぬは男の恥』って言葉を聞いたことがあるけど、男の人ってこの状態で我慢できるもの？

イーサンは片方の眉を上げてふざけたように笑い、中に入れた指を軽く前後させる。

「この膣の締めつけを思い出すだけで、いくらでも抜けそうだ」

「あんっ、ばか……！」

少なくとも佳奈の記憶では、わたしだけを気持ちよくさせてくれて、自分はなにもしなくてもいいなんていう彼氏はいなかった。

「あ……ん……」

寄せては返す波のように、媚薬によって増幅された快楽が何度も押し寄せる。

ゆるゆると動く指が、ある場所をノックするように軽くたたくと、鈍い快感が湧きあがった。

わたしは前世で、いわゆる中イキをしたことがない。もしかしてここが膣の中にあるという、いいところなの？

もっと刺激が欲しくてイーサンを見あげると、彼は目を閉じてきつく眉をひそめていた。眉間に寄った深いしわと額に浮かんだ汗だけを見ていると、まるで苦悶の表情のようだ。

「あんたの襞が、俺の指をしごくみたいにうごめいている」

「やあ……そんなこと、言わないで。わたし初めてなのに、すごく淫らみたい」

「気持ちいいよ。この指が俺自身だったらって想像したら、それだけで射精できそうだ」

「や、ああんっ！　あっ……そんなこと言われたら……」

ひどく苦しそうな顔はイーサンが感じているからなんだと思ったら、なぜか余計に気持ちよくなってしまった。

「あ、だめ……。イーサン、ああ！　また、いっちゃう！」

「アナ……」

「いくっ！　あっ、あ、やん、ああ、いく、いっちゃう、あああぁぁぁん!!」

ぜいぜいと息を吐くわたしの上で、もう隠し切れないほどイーサンの呼吸も上がっていた。

太ももに彼の硬い屹立があたる。

やっぱりイーサンもわたしに欲情しているんだ——そう思うと、さらに欲望が燃えあがって、蜜壺の中に入ったままの男の指をぎゅっと締めつけてしまう。

「アナ、そんなにあおるなよ」

イーサンが低くかすれた声でわたしを制止するけれど、自然にうごめく膣を止めることはできない。

わたしが終わらない快感にひたっていることに気づくと、イーサンはまた指を動かして、早速見つけた内側の敏感な場所を刺激してくれた。

「あっ、あっ、やっ、いい、そこ、あっ、ああっ」

膣壁が脈動して、彼の指をこすりあげる。

さっき彼が言ったみたいに、この指が彼の欲望そのものだったらと想像してしまった。

それは指なんか比べものにならないほど、太くて長いのだろう。きっと、指ではどうしても届かない奥を思い切り突いてくれるはずだ。

満たされない部分を埋めて、満たして、深い快感を与えてほしい。

彼の分身の代わりに指をくわえ込んで、わたしは繰り返し絶頂に達した。

「これだけ誘われても我慢しなきゃならないなんて、マジかよ……」

イーサンの苦悶のうめき声を遠くに感じながら気を失うように眠ったのは、炉の炎が消え、小鳥たちのさえずりが聞こえてくるころだった。


小屋の板戸の隙間から、青い朝の光がうっすらとにじみはじめている。

夜明けの薄明かりの中でまどろみつつ、わたしは今世と乙女ゲームとの違いをぼんやりと考えていた。

前世でやり込んだ、十八禁乙女ゲーム『異世界プリンスと恋の予感』。キャラクターもシチュエーションも怖いくらい一致しているけれど、現実のこの世界にはゲームとは違う要素もあった。

イーサンだ。

攻略対象者に匹敵するほどのイケメン。しかも、もふもふな黒豹に変身する獣人だなんて、登場したら絶対に覚えているはずなのに、そんな記憶はまったくない。

でも、それ以外の流れは、ゲームのシナリオどおり……

わたし――アナスタージアは幼いころから、穏やかで優しい王太子のヴィンセントが好きだった。

前世の記憶を取り戻した今となってはもう、遠い初恋の思い出のようなものだけど。

ヴィンセントとは三年前にようやく正式に婚約したけれど、その後も彼との関係は、アナスタージアの期待どおりには進まなかった。

あれは二年ほど前の秋のことだ。

婚約者同士の定期的な交流の一環としてヴィンセントがクラリース伯爵邸を訪問したとき、ふたりで庭を散策した。よく晴れた暖かい日で、赤や黄に色づいた木々の葉が美しかった。

『アナスタージアは私のことを信じているかい？』

青空を見あげながら、ヴィンセントがつぶやいた。独り言のような小さな声だった。

『ヴィンセントさま？』

なんのことかわからなくて問いかけると、ヴィンセントは頬に、どこか苦く見えるような複雑な微笑みを浮かべた。

『あなたは美しく堂々としていて、いつも自信に満ちている。私も含めて、世界が自分に従うことがあたり前だと考えているようだ』

『そんなことはございませんわ。それに、わたくしはヴィンセントさまをお慕いし、ご信頼申しあげております』

ヴィンセントはアナスタージアの返事には応えず、ふっと目をそらして秋の風に揺れる紅葉を見つめた。

『ありがとう。ただ時々、あなたは周囲にそう思わせようとしているだけで、本当はだれも信じていないのではないかと感じるんだ。いつか人は裏切ると思っている。違うかな』

『それは、わたくしへのお叱りでしょうか』

『ああ、いや。戯《ざ》れ言《ごと》だ。忘れてくれ』

苦笑したヴィンセントはアナスタージアの手を取り、礼儀正しく教科書どおりのエスコートをして屋敷に戻った。それ以来、その話はおくびにも出さなかった。

アナスタージアはほっとしていた。心あたりがあった。それは心の柔らかいところに隠された、ふれられたくない部分だった。

王太子妃にふさわしいように外見を磨き、広く深く教育を受け、歯を食いしばって努力して社交の力を身につけた。

だけど、アナスタージアは――わたしは、根本的に自信がなかった。自分のような矮小《わいしょう》で価値のない人間はいつか裏切られて、すべてを失うのではないかと恐れていた。

それは自分ではどうにもならない心の澱《おり》のようなもので、上手に隠してはいたけれど、ずっと気持ちの片隅に居座っていたのだ。今思うと、前世で結婚を約束するほど好きだった人に裏切られた思いが残っていたのかもしれない。

そのときのことで、ふたりの仲がこじれたわけではない。けれど、心の距離が縮まらないのをアナスタージアは強く感じた。

焦りと劣等感の裏返しで、アナスタージアはどんどん嫉妬深くなっていった。

自分はヴィンセントが好きだけど、ヴィンセントには愛されていない。政略としての婚約なのだからあたり前ではある。でも、彼が少しでもほかの女性に笑いかけると妬《ねた》ましさが止まらなくなり、裏から手を回してその令嬢にいやがらせをしたりもした。

今回、婚約破棄の場でヴィンセントの隣に立っていたジュリエットも、いやがらせの対象となったひとりだった。

一年半前、突然平民から貴族になり王立学園へと編入したジュリエットは、生粋《きっすい》の貴族令嬢にはないフレンドリーな魅力で、有力な貴族の子弟とみるみるうちに親しくなっていった。生徒会の会長をしていたヴィンセントが貴族社会に慣れない彼女の面倒を見ている姿は、とてもリラックスしていて楽しそうで、アナスタージアのプライドは傷つけられた。

『あんな平民あがりの小娘のどこが、わたくしより勝っているというの？』

――なぜ、わたくしは愛されないの？

ヴィンセントだけではない。アナスタージアはそのころ、家族にも距離を置かれたように感じていた。子供のときはみんなかわいがってくれていたはずなのに、周囲の人々がどんどん離れていく。

思春期の不安定さもあったのか、アナスタージアの振る舞いはさらに激しくなった。

『こんな流行遅れのドレスは着られないわ。ヴィンセントさまに嫌われてしまったら、あなた責任が取れるの!?　お金なら払うから、こんなものは破いてしまいなさい』

気に入らないドレスを床に投げ捨てて踏みつけて、クラリース伯爵家お抱えの仕立て屋を屋敷から追い返したこともある。母にはきつく注意されたが、アナスタージアは反発し、しばらく家の中がぎすぎすした雰囲気になった。

貴族の令嬢が集まるお茶会では、宰相の娘を舌戦でやり込めて泣かせたという事件もあった。

令嬢の父親である宰相が、政治の場で消極的なヴィンセントに苦言を呈したのが、そもそもの原因だった。宰相ごときがヴィンセントを悪く言うなんて、と腹が立って仕方なかったのだ。娘はアナスタージアに八つあたりされたようなものだ。

やがてヴィンセントへの執着はさらに強まり、彼と自分の間に割って入ろうとするものがますます許せなくなっていった。

乙女ゲームに登場する〝悪役令嬢〟のできあがりだった。

子供時代とは性格が変わってしまったようなアナスタージアを、家族は腫《は》れものにさわるように扱った。とくに父親は、宰相の娘の件もあって、アナスタージアがクラリース伯爵家に泥を塗るようなことをやらかさないかとハラハラしていたに違いない。

自業自得なのだけれど、もっと早く前世の記憶を思い出していたら、と思ってしまう。佳奈の性格のほうがまだ生きやすかったのではないかしら。

いや、そんなことはないか。自信がないのはどちらも一緒だ。

それを隠そうとはったりをかけ、気づいたときには引けなくなって、結局みんなから見捨てられ追放されてしまうのだろう。

運命はなにも変わらなかったに違いない。


「……アナ、起きろ。大丈夫か？　アナスタージア？」

だれかに軽く肩を揺すられて、わたしはゆっくりと目を覚ました。

「ん……」

なぜかまぶたが腫《は》れぼったくて見えづらい。薄く開いた目の前にあるのは、肌？　裸？

うん、裸になった男の胸だ。しかも、すごくたくましい。これは男性に腕まくらされている状態なのかな。

今、わたし、彼氏いたっけ……

甘えてこない自立した女がいいと言っていた同じ職場のあいつは、後輩のかわいい女の子を選んだ。その前の男は工場勤務で夜勤が多く、一緒に朝まで過ごしたことはなかった。大学時代につきあっていた初めての恋人も、夜は必ず実家に帰っていたし、こんなふうに朝まで抱きしめてくれる人なんてひとりもいなかった。

身じろぎすると、肩から男物のシャツが滑り落ちる。そのシャツを大きな手が拾って、またわたしの体にかけてくれた。

黒いマントが床に敷かれており、わたしの上にはシャツがかけられている。そうか、だからイーサンは上半身裸なんだわ。

「あ……」

イーサン。彼はイーサンと名乗った黒豹の獣人で、わたしの命の恩人だ。

意識がようやく現実に戻ってきた。

「うなされていたけど。どこか痛む？」

甘い響きを持つ低音が頭の上から降ってくる。声優さんみたいにいい声だった。前世だったらイケボって言われていたかも……

まだぼんやりしていると、ふしくれだった指がそっとわたしの目もとをぬぐった。その指先が濡れている。

あれ、涙？　わたし、泣いているの？

「……大丈夫。なんともないわ」

筋肉痛なのか疲労なのか体中が軋《きし》んでいるけれど、泣くほど痛いわけではない。けれど、涙が止まらなかった。

「強がらなくてもいいよ。いくら泣いても構わない。こんなときにだれも責めやしないさ」

無骨な剣だこのある手が、優しく頬をなでる。

婚約を破棄されて家から追われるときですら泣けなかったのに、素性もわからない獣人の胸の中で、わたしはもう思い出せないほど久しぶりに涙を流している。

「ごめんなさい。変な夢を見ていたみたい。すぐに泣きやむから」

「今は無理をしなくてもいいって。それに、まだあんた、媚薬が抜けていないだろ？」

媚薬……

体の中に意識を向けると、たしかにまだ小さな炎がくすぶっている気がする。

「……ん……」

ゆっくりと深呼吸をしてみると、予想していたのよりもずっと熱い吐息がこぼれた。

その吐息を覆《おお》いかぶさってきたイーサンの唇が拾う。あたたかい舌がわたしの唇を舐めて、中に入ってきた。

口の中も敏感になっているみたい。気持ちよくて息が上がる。

「んん……っ」

かぶせられたシャツの内側にイーサンの手が入ってきて、ゆっくりと胸をもみはじめる。すぐに尖ってしまった乳首にもっと刺激が欲しくて、わたしは胸をそらしてイーサンの手のひらにこすりつけた。

「もっと……」

「素直にしているとかわいいな、あんた」

イーサンの声も低くかすれている。すでに兆《きざ》している男の象徴が太ももにあたる。

「あっ」

「おっと、悪い」

イーサンが腰を引いて、少し決まり悪そうに謝った。

「あんたの涙を見ていたら……」

「えっ、なにそれ。もしかしてSっけあり？」

「ん？　エスってなに？」

あ、うっかり口走ってしまったけれど、〝S〟は前世の言葉だった。

「ううん、なんでもない。泣いてるところを見てかわいいなんて言うから、もしかしていじめっ子気質なのかしらって思ったの」

「そんなことはないはずだけどな。……でも、うん、乱暴者と言われたことはあるか」

わたしのまぶたや頬に口づけながら、胸をもみしだいていた彼の動きが急にぴたりと止まった。

なにかまずいことを言ってしまったのかしら。わたし、イーサンが言われたくないことを言っちゃった？

じいっと見つめると、彼は気まずそうに眉を下げて、幼い子供のようにふいっと目をそらす。黒い豹の耳がピクピクと動いた。大の男の子供っぽい仕草と素直な獣耳がちょっとかわいらしい。

わたしがくすっと笑うと、イーサンがますますねたような様子で腕の中のわたしをくるりと回転させて、背後から抱きしめてくる。

硬い指先がぴんと乳首をはじいた。

「んっ、あっ、やあぁ……」

もう片方の手はわたしのおなかを優しくなでる。まるで愛しい妻が身ごもったかのようにゆったりと。

また涙がこぼれそうになって、歯を食いしばった。

気づかれてはいけない。あふれそうな涙を。

ちょっといい加減に見えるけれど、わたしにふれる唇や指先は優しくて、あたたかくて。

勘違いしてしまいそうになる。少しはわたしに好意を持ってくれているんじゃないかって。

イーサンが言っていたとおり、子供の父親になってもらって、イーサンの横で笑って、ともに生きていけたら。そんな将来を夢見てしまう。

幸せになりたい。……幸せになりたかった。

でも、だめなんだ。愛なんて求めちゃだめ。望んではいけない。

期待さえしなければ、裏切られないのだから。

「お願い、もう」

「アナ？　どうかした？」

忘れてはいけない。これは媚薬の副作用に苦しむわたしに対する治療行為。

「んっ、なんでもない。あぁ……」

イーサンの指が芯芽をなで、昨夜より柔らかくなっているそこに入ってくる。潤んだ場所はそれほど抵抗せずに彼の指を呑み込んだ。

きつい膣口をマッサージするようにゆっくりと指を動かすイーサン。感じやすいクリトリスと内側を同時にさわられることで、中も感じるようになってきていた。

「あぁ、あっ、イーサン！　そこ……あぁぁぁん！」

媚薬のせいもあるけれど、イーサンの指の動きは巧みだった。直接的な快感とは違って、膣の中を刺激されることで得られる悦楽はもどかしくて深い。どこまで感じるようになってしまうのか怖いほどだ。

わたしはなにもかも忘れて、ただ毒のように甘ったるい媚薬の熱に身を任せた。


まだ午前中だろうか。日は中空に昇り切っておらず、やや肌寒い。

森の奥にはうっすらと霧が巻いていた。昨日の出来事が嘘のように周囲は静かで、聞こえるのは葉擦れの音ばかりだ。

なんとか媚薬が抜けたので、わたしはイーサンに背負われて森番の小屋を出た。

イーサンのマントをぼろぼろになったドレスの上に巻きつけているため、彼自身は外套《がいとう》もなく薄いシャツだけ着ている。

「……寒くない？」

「動いていれば、すぐ暑くなる。それか、あんたがあっためてくれる？」

「え？　どうやって？」

「こうして、こう」

「わっ！」

イーサンは少しかがむと、背負ったわたしを腕一本で支えて自分の前に回した。くるんと視界が変わって目の前に彼の顔が来る。

おんぶから抱っこに早変わりだ。

「なにするの⁉」

しかも、わたしは大きく足を開いているので、大木にしがみつくコアラのようになっている。

「この状態で歩けば、お互い運動になるだろ？」

イーサンがリズムをつけるようにして歩きはじめた。彼が前に進むとわたしの体も規則正しく跳ねて、はしたなく開いた足の間が彼の下腹部に押しつけられる。

「これって、〝駅弁〟の体位じゃないの！　イーサンのエッチ‼」

「エキベン？　エッチってなんだ？」

「な、なんでもない。とにかくおんぶに戻して」

「詳しく教えてくれたら戻してあげてもいいよ」

「ほんとにだめだったら。……あん！」

そのときイーサンの硬い腹筋に秘所がこすれて、わたしは思わず変な声を上げてしまった。

「アナ、誘ってる？」

「そんなんじゃ！　あ、ああん！」

足の間、腹筋だと思っていたところに、なんだか違う感触が……。いや、さっきまではたしかに平らな腹筋だったはず。でも、今はもっと硬いものが盛りあがっている。

「そんなに色っぽい顔したら、しゃれにならないでしょ」

イーサンはため息をついて、わたしを地面に下ろした。もともと足腰が立たなかったところに微妙な刺激を受けて、腰が砕ける。

倒れかけたわたしをイーサンが支えて、ふたたび背負ってくれた。

「その……それ、大丈夫？」

肩の上からのぞくと、イーサンの下腹部は大きく布地がふくらんでいる。

彼は意味ありげに含み笑いをした。

「なに？　責任取ってくれるの？」

「イーサンのばか！」

「ははっ」

わたしはイーサンの背中に顔を伏せた。

先ほどつい出てしまった前世の言葉についてはなんとかごまかしつつ、そのままおんぶで移動した。

力強い背中はわたし程度の重みでは揺らぎもしない。馬車の轍《わだち》を避けて、舗装のされていない土の道をしっかりと歩いていく。

道みちイーサンに事情を聞かれた。

でも、正直には話せない。人族の王国を追放された伯爵令嬢だなんて知られたら、さすがに最悪の事態になりかねない。

えーっと、わたしはレスルーラ王国の国境沿いの町に住んでいた商人の娘。親を亡くしてから貴族の屋敷へ奉公に行っていた。わけあって奉公先をやめ、地元に帰ろうと馬車を雇って町を出た。ところが、森の奥に連れていかれて、急に馬車を降ろされ、そのまま置き去りにされた。そこにあの盗賊たちがやってきた。と、いうことで……

うん。嘘をつくときは、ほんの少しの真実をまぜたほうがそれらしく聞こえるというしね。

「元の奉公先か、あんたの地元の町まで送ろうか？」

「えっ、それはだめ！」

「なんでだよ」

「奉公先をやめたのは、お屋敷のご主人さまにひどいことをされそうになったからなの！　それに実は、地元でも町長の息子に言い寄られて、用事をすませたらすぐに別の仕事を探そうと思っていて……。帰りたくない」

ああ、しどろもどろなのが自分でもわかる。作り話ってばれちゃうかしら。

イーサンは急遽捏造《きゅうきょねつぞう》したわたしの話を聞いて、からかうように笑った。

「もてもてだなー」

「それって、いやみ？」

ばれ……なかったのかな？

「いやいや、いい女はあちこちから狙われて大変だ」

「やっぱり皮肉なんでしょ⁉」

緊張したぶん、にやにやした顔が気にさわった。

盗賊から助けてくれて、媚薬の後始末もしてくれたイーサンには感謝してもし切れないのに、ついけんか腰になってしまう。彼のからかっているような口調とふざけた表情がいけないのだ。

昨夜はあんなに優しかったのに、とふと考えて、イーサンと長時間なにをしていたかを思い出した。

だめ！　今考えたら、また体が変になっちゃう。彼の背中にふれている自分の体の熱さや鼓動の速さまで知られてしまいそうだ。

照れ隠しに癖のある黒髪を引っ張ると、イーサンが「いて」と少し顔をゆがめた。

「アナ？　なんか顔が赤くなってないか？　まさか、もっと抱いてほしいとか」

「そういうこと言わないで！」

「俺はいつでも歓迎だけどね」

ちょっと大人っぽく苦笑するイーサンになぜかドキッとする。

「き、昨日は助かったけど、もう二度とないから！」

「ふーん」

わたしの宣言なんか物の数とも思わない様子で、すたすたと歩いていくイーサン。

わたしはイーサンとの言い争いをあきらめ、下手《したて》に出た。

「それで、命を助けてもらったうえに申しわけないんだけど」

「ん？」

「お願いがあります」

これまでの道のりの間に、わたしは決意していた。

家族や祖国から見捨てられ、悪役令嬢にとっては最悪のエンディングである娼館ルートに堕ちそうになった。

けれど、ぎりぎりのところで救ってもらった。それならせっかく生き延びたこの命を無駄にしたくない。

異世界に転生してもトラウマだらけの未熟な女のままだけれど、悪役令嬢でも平凡な会社員でもない、新しい人生を始めてみようと思う。

見知らぬ異国の地、獣人たちの暮らすこの国で。

「ブライ帝国の中で、人族の女でも暮らしていけそうな町があったら教えてもらえないかしら。なんとか身を立てないと」

身寄りのない人族の女が生活していける、獣人の町――聞いてはみたものの、両国の歴史を考えると、選択肢はそう多くはない気がする。

祖国のレスルーラ王国と金獅子朝ブライ帝国は、わたしが生まれる前から戦争をしていた。

戦は長く続いていたのだけれど、ブライ帝国の皇帝が代替わりした際に、帝国側から和戦が申し込まれた。屈強な獣人の戦士との戦いに疲弊していたレスルーラ王国はその提案を受け入れ、十年前に和平を結んだのだ。

それから徐々に両国の関係は改善されてきた。貴族同士の政略結婚も進められ、経済的な交流も増えつつあるのだが、いまだレスルーラ王国では獣人への根強い差別意識が残っている。噂によると、ブライ帝国でも人族は忌諱《きい》されることが多いらしい。

「へぇ、身を立てる、ね。いいところのお嬢さんに見えるけど、あんた、なにができるの？」

「なんでもするわ！　もう帰る場所がないもの」

不審げなイーサンに、わたしは断固として答えた。

人族への国民感情に不安はあるけれど、やるしかない。

貴族の奥さまたちとのお茶会を思い出す。獣人と政略結婚をした貴族の女性の情報によれば、〝番《つがい》〟となった夫は妻を大切にしてくれるらしい。でも、基本的に人族は嫌われているし、トラブルに巻き込まれることも多いそうだ。

人族と獣人の一番大きな外見上の違いは、獣の耳としっぽ。できるだけ帽子やかつらで人族だとわからないようにしているって話だったから、わたしも帽子をかぶろうかしら。

でも、黒豹の獣人であるイーサンはわたしを珍しがる様子もないし、大丈夫かな？

「あ、そういえば……」

「ん？　なに？」

「な、なんでもない」

イーサンの歩みに合わせるように、目の前でぴょこぴょこ動いている黒豹の耳を見て、二年ほど前の記憶がよみがえった。

レスルーラ王国の王立学園には、ブライ帝国からの留学生がいた。

わたしが通っていたころに在学していたのは、ブライ帝国皇帝の弟、セイラン皇子だ。わたしも王太子の婚約者としてあいさつをしたことがある。

彼は獅子の獣人だった。長い髪は真っ白で、獅子の耳も純白。瞳は血の色をしていて、どこか耽美な雰囲気があり、異様に美しかった。

前世の知識を思い出した今考えると、彼はアルビノだったのだろう。

セイランは隣国の皇子という特別な立場だったこともあって、当然獣人差別など受けることはなく、賓客として遇されていたけれど。

「人族の女が暮らせる町かー。そうだなぁ。交易の盛んな町なんかは、いろんな種族がいるからまだ暮らしやすいかもな」

豹の耳をピクピクさせて周囲の気配を探るイーサン。彼は軽い足取りで進みながら、話しつづける。

「だけど、本当に国へ戻らなくてもいいの？」

「え？」

「そうか、貴族のオヤジと町長のドラ息子に狙われているんだっけ」

「ドラ息子とまでは……」

架空の人物なのに、なんだか悪い気がしてかばってしまう。ごめんね、どこかの町の町長の息子さん。

内心手を合わせていたわたしをチラッと見ると、イーサンは急に真剣な顔をした。

「だが、たしかに、いやなかんじがするな」

「はい？」

「身内に裏切り者がいる可能性がある」

「ええ？　なんのこと？」

「奉公先の町から地元の町に戻る日取りや道筋は、多くの人間に知られていたわけじゃないんだよね？」

「まあ、そうね」

「アナの話を聞いていると、少なくとも馬車の御者は敵側だ。買収されたか、恨みがあったか。御者は縁《ゆかり》のある相手ではない？」

「初めて会った人だけど」

「じゃあ、金かな。御者に金を払って、あんたを陥《おとしい》れたやつがいるってことだ」

「…………」

少し違和感を覚えた。わたしは真実を織りまぜた作り話をしただけ。イーサンはわたしの正体も事情も知らないはずだ。

それなのに、彼にはなにかが見えているようだった。勘が鋭いだけなのかもしれないけど。

「だれが敵なのかわからないうちは、その地元の町に近寄らないほうがいいと俺も思う。裏の事情がはっきりするまでは、国には帰らないほうがいい」

「え、ええ」

たしかにレスルーラに戻るのも、修道院へ行くのも危険かもしれない。

わたしは単に祖国から捨てられたことにショックを受けていたけれど、改めてイーサンに指摘されるとおかしい気がした。

昨日の出来事を思い出す。わたしを置いていった監視役の騎士は、去り際になんと言っていた？

『ここで待っていろ。迎えが来る』

彼はそう言い残した。

〝迎え〟とはいったい何者なのか。

盗賊たちは、偶然わたしを見つけたようだった。盗賊以外に、わたしを拉致《らち》しようとした者がいる？

御者や騎士の言動から考えられる可能性のひとつは、レスルーラ王国がアナスタージアをひそかに処分しようとしていたということ。でも、それなら森の奥で殺してしまえばいい。わざわざ置き去りにした意味がわからない。

もうひとつは、イーサンの言っていたとおり、わたしを陥《おとしい》れようとする人物がいる可能性。ヴィンセントかもしれないし、国王かもしれない。もしかしたらクラリース伯爵家かも。

みんな疑わしく思えてきて悲しくなった。

わたしの命の恩人である黒豹の獣人だって、身元がわからない。彼は乙女ゲームの主要な登場人物ではないし、名前のついていないモブキャラならそれはそれで、あんな山道を偶然通りかかるなんてあやしさ満点だ。

でも、それだけは考えたくなかった。せっかく生き直そうと思っているのに、イーサンが今回の件の関係者だったら、唯一のよりどころがなくなってしまう。

胸が潰れるように苦しくなって、わたしは思わずぽろりと心の中の疑問をこぼしていた。

「イーサンは、どうしてあそこにいたの？」

「ああ、そうだよな。たまたまなんだけど、普通は不思議に思うよね」

少し考えながら、イーサンは自分のことを話してくれた。

イーサンは金獅子朝ブライ帝国にあるチェナーラという大都市で、高級娼館の用心棒をしているのだという。今回はちょうど田舎に里帰りしていて、チェナーラに戻る途中だったそうだ。

その話は自然で、なんとなく信じられそうな気がしてほっとする。けれど、彼の言葉の中のひとつの単語が衝撃的だった。

「……娼館……」

「ああ。チェナーラは帝国一の夜の街なんだ」

チェナーラは〝魔都〟とも呼ばれる性の都。

高級娼婦から末端の街娼まで、たくさんの夜の蝶が集まる街とのことだった。男娼がいる一角もあるし、賭場や見世物小屋などいかがわしい娯楽施設も無数にあるらしい。

「とりあえず、あんたを俺が世話になっている娼館へ連れていこうと思っているんだけど、いいかな？　それとも、娼館なんて下賤《げせん》な場所はお断り？」

「そんなことは言ってないわ」

「ふーん。でも、不満そうだけど？」

試すようにこちらをちらりとのぞき込むイーサン。

「驚いただけ。夜の世界なんて縁がなかったから」

悲鳴を上げそうなほどのショックをなんとかごまかす。

「そりゃそうか。ま、俺の働いている場所をばかにされなくてよかった。それに、そこは一流の娼館だから」

「一流？」

「ああ。かわいい子がいっぱいいるしね。あんたも負けてないと思うけど、働いてみる？」

「え……」

にやにやと笑うイーサンはわたしをからかっているのだろう。でも、わたしは笑えなかった。

どうしても乙女ゲームの娼館エンドが頭をよぎる。

悪役令嬢のたどるバッドエンドへのルート。盗賊に強姦され、娼館に売り飛ばされて、媚薬漬けの娼婦になるという最悪の末路。

「……わたし」

なにか答えなきゃと思うのに、無難な返事が出てこない。

イーサンはわたしの心中を知ってか知らずか、焦ったように振り返った。

「おいおい、冗談だって！　そんな、本気にするなよ。あんたみたいなお嬢さんをだまして連れてったら、俺が女将《おかみ》に怒られる」

「…………」

「うーん、かたぎの女相手の加減がわからねぇ。悪かったよ、ふざけすぎた。そこなら俺がそばにいて守れるというだけだからさ」

「ば、ばかね。わたしだって単なる軽口だってわかっているわよ」

気にしていないふりをして、強気に答えた。

とりあえず盗賊たちに強姦されることはなかったのだ。その分岐の先の出来事だって変わっているはず。

ちなみにイーサンは平民で、農家の五男。明るい大家族の中で育ったけれど、自分だけ体格が大きくて腕っぷしが強かった。そしてある日、村の男とけんかをして大怪我をさせたことをきっかけに、家を出てチェナーラで用心棒になった。

今朝、わたしが『もしかしていじめっ子気質なのかな』と言ったとき気まずそうに見えたのは、自分が村では乱暴者だったという引け目があったからみたい。

「まあ、俺だって、あんたひとりくらい面倒を見られる稼ぎはあるからさ、心配しなくてもいい。無理はすんなよな」

イーサンがわたしの頭を軽くぽんぽんと叩いた。

そのあとはあまり会話がはずまず、彼の広い背中に乗ったまま、わたしは少しうとうとしたり、考え事をしたりしていた。深い森を出てふもとの町へ着いたころには、お昼をだいぶ過ぎていた。

街道に沿って宿場町があり、周囲には畑が広がっている。メインストリートを歩いている人々に獣の耳やしっぽがあるのが遠目にもわかった。

このあたりは国境に近く、人族との行き来も多いせいか、獣耳のないわたしもじろじろと見られることはなくてちょっと安心する。

「ここで宿を取ろう」

一軒の宿屋の前で、イーサンがわたしを下ろしてくれた。煉瓦《れんが》造りの二階建ての宿屋はこの通りに並ぶ宿の中では最高ランクに見える。

「ええ。でも、いいのかしら」

「なにが？」

「その……人族のわたしが泊まっても、平気？」

十年前まで戦争をしていた人族の国と獣人の国。人々の間にどのくらいわだかまりが残っているのかわからない。

イーサンは平然と笑って、ウインクした。

「なにかあったら俺が許さないから大丈夫。気にすんな」

宿屋の玄関扉をくぐりながら、黒い耳をピクリと動かしたイーサンは、睥睨《へいげい》するように周囲を見まわした。

「オヤジ、一泊頼みたい。一番いい部屋を用意してくれ」

「へい、もちろんでございます！」

入り口で出迎えてくれた長い耳の獣人が、ぴょんと一歩飛びすさってイーサンに答えた。兎《うさぎ》の獣人かな？　お耳はかわいいけど、でっぷりしたおじさんなので、あんまり萌えない。

おじさんは二階の日あたりのいい部屋にわたしたちを通してくれた。

「俺は出かけてくるが、あんたは絶対に部屋から出るなよ。必ず鍵をかけて、俺が帰ってくるまではだれも中に入れるんじゃないぞ？　いいな？」

そう念を押して出かけたイーサンが戻ってきたのは、お茶が冷める間もないほどすぐのこと。

彼は両手に大きなたらいを抱えていた。たらいにはお湯が入っていて、あたたかそうな湯気が立っている。

「湯をもらってきた。俺はもう一度買い物に行くから、その間に体を拭けばいい」

もしかしたらと思ったけど、やっぱり体を綺麗にするためのお湯だったのね！

思わずテンションが上がる。汗や汚れで体がべたついてものすごく不快だったので、本当にありがたかった。

「うれしい！　ありがとう！」

満面の笑みでイーサンにお礼を言うと、イーサンはたじろいだように目を泳がせた。

「あー、うん。そんなに喜ばれるとは思ってなかった」

「だって、とても気持ち悪かったんだもの。川に飛び込んで水浴びしたいくらいだったわ」

「あ、ああ、そうなんだ。今度は湯浴みのできる宿を取ろうか」

「いいの⁉　楽しみ！」

もともと貴族令嬢として清潔で快適な生活を送っていたのに加えて、今や入浴好きの日本人の意識も目覚めてしまった。

「あんたは……いや、なんでもない」

「はい？」

イーサンは心から喜んでいるわたしをもの言いたげに見つめるけれど、結局口をつぐむ。

「じゃあ、また行ってくる」

そして軽く手を振り、ふたたび町に出かけていった。

「いってらっしゃい」

たらいのお湯で体をふいて髪も洗い、さっぱりしたら、やっと人心地がついた。でも、脱いだまま床に放っていたドレスを見ると、ため息がこぼれる。

「ぼろぼろね」

賊の男たちに引き裂かれ、ほこりや泥にまみれた青いドレスは、もう繕《つくろ》いようがないくらいにほころびていた。元の姿を想像するのも難しいほどだ。

これを着なきゃいけないのか……

どんなにいやでも、裸でいるわけにはいかない。目立つ汚れだけつまみ洗いをして、ドレスを着た。ナイフで切られた胸の部分は、手で押さえているしかないだろう。

そうこうしているうちに、イーサンが帰ってきた。

「これ、食い物と着替え」

ぬっと差し出されたのはパンやチーズといった食べ物と、農民が着るような女物の貫頭衣《かんとうい》や下着、そして歩きやすそうな革の靴だった。

「わぁ、着替え⁉　助かるわ！」

これはうれしい。正直食欲はないけれど、まともな服は借金してでも買わなければと思っていたのだ。

「いろいろとありがとう。心から感謝します」

お辞儀をして顔を上げると、イーサンが驚いていた。

「え、なに？　わたし、変だった？」

「いや、こんなみすぼらしい服じゃ、文句を言われるかなーと思ってたんだ」

「まさか！　文句なんて言わないわ。なんの義理もないわたしのために散財させてしまってごめんなさい。いつか返せるようにがんばります」

「そんなことはいいんだけどさ。あんた、変わってるなー」

「そう？」

イーサンに壁のほうを向いてもらい、服を着替えてから食事をとると、すぐに眠くなった。体の芯から脱力するような疲労に襲われる。

「もう寝ていいよ。寝台はあんたが使って」

寝台はふたりで寝られるような大きなものだけど、ひとつしかない。

「イーサンはどうするの？」

「俺のことは気にしなくていいって」

気にするなと言われても……

そこまで譲ってもらうのも申しわけなくて、どうしたら寝台を使ってくれるかしらと考えているうちに、どんどん眠気が増してくる。

もう……眠くて、なにも考えられない……

わたしは倒れるように寝台に横になって、目を閉じた。

体が重い。意識だけはまだ起きているけれど、体は寝台の底を突き破って、さらに下に落ちていくような心地がする。

それなのに精神が興奮状態にあるためなのか、なかなか深く眠れない。

そのとき、寝台がぎしっと軋《きし》んだ。どうやらイーサンが腰かけたらしい。

イーサンも寝るのかしら。

「……おもしれぇ女だな」

そっと頭をなでられ、軽く髪をすかれた。

イーサン……？

「あのひどい状況で、あんたの目はまだ死んでなかった」

わたしが獣人の男たちに蹂躙《じゅうりん》されそうになっていた現場に、イーサンが飛び込んできたときのことね。

「生きたいと言われて驚いた。あのときはてっきり、殺してくれと懇願されると思っていたからなあ」

そうつぶやいたあと、彼は黙り込んだ。その指先がわたしを寝かしつけるようにゆったりと髪にさわりつづける。

イーサンはふっとため息をついた。

「強いな……」

少し涙がにじんだ。

強くなんかない。生きたかったのは、心のどこかに執着が——もしかしたら前世に未練があったからかもしれない。

前世でも、今世でも、幸せになりたかった。だれかを好きになって、だれかから必要とされて、ごく普通のささやかな家庭を築きたかった。

なんで、わたしは愛されないんだろう。

今だって思っている。

イーサンのかけてくれる情が、愛だったらいいのにって。そんな都合のいいことがあるはずないのに、あたたかな胸にすがってしまいたくなる。

……これ以上は考えるな。思いわずらったら負けだ。

この先どうなるかはわからないけど、生きてさえいればきっとなんとかなる。

そして少しずつ意識が薄れ、わたしはようやく眠りに落ちることができたのだった。

†

魔都チェナーラ。

欲望と陰謀が夜の底で渦巻く、絢爛豪華《けんらんごうか》な退廃の都。

その中心部からやや外れた小高い丘の上に、ひときわ美麗な妓楼《ぎろう》がある。部分的に三階建てになった平屋の建物は蛸《たこ》が足を広げるように丘全体を覆《おお》っていた。

ごくわずかな特権階級のみが通うことを許されるその店〝天紅楼《てんこうろう》〟のもっとも高い楼閣《ろうかく》で、ひとりの男がチェナーラの夜景を見おろしていた。

「お酌をいたしましょうか、セイランさま」

「いらぬ」

セイランと呼ばれた男の相手をしているのは、チェナーラ一の娼館である天紅楼でもっとも美しいと評判の女だった。だが、セイランにとって、美にはたいした価値がない。

なぜなら、彼自身より美しい者など見たことがないからである。

セイランは床に敷かれた毛足の長い織物の上に胡座《あぐら》をかいて、緋色の格子窓にもたれかかっていた。鷹揚《おうよう》に構えた姿は、獅子の獣人らしく王者の風格に満ちている。

金獅子朝ブライ帝国で獅子といえば、この帝国を統治する金獅子の一族。豪奢《ごうしゃ》な金の髪と金の瞳を持つ支配者である。彼もまた王族の一員であり、顔の造作は現在の皇帝によく似ていた。

ただ彼は、金獅子の一族とは決定的に違う見た目をしていた。

まだ二十歳そこそこの若さであるのに、長い髪は降りつもる雪のように白い。また両の瞳は、流れ出たばかりの血のように禍々《まがまが》しく赤かった。

その二色を同時にまとう獅子の獣人は、ブライ帝国広しといえどもただひとりしかいない。

金獅子朝ブライ帝国皇帝の実弟、セイラン。

〝純白の皇子〟と揶揄《やゆ》まじりに呼ばれるその男は、この妓楼《ぎろう》で春をひさぐどの女よりもあでやかだった。

磨き抜かれた美女が、艶《つや》めいたまなざしでセイランを見あげる。

「セイランさま、今宵《こよい》はわたくしにお情けをいただけますでしょうか」

異彩を放つ風采《ふうさい》の皇子は、女に一瞥《いちべつ》も与えずうつろな目で窓の外を見ていた。

夜が深まると、あちこちに下げられた朱い提灯《ちょうちん》が紅玉《こうぎょく》のように妖しく輝く。

チェナーラの夜景も天紅楼の娼妓も、だれもが欲しがる見事な宝石のようなものだが、セイランは望んではいない。欲しくもないものにすり寄られてもむなしいだけだ。

「つまらぬ。要らぬ女ばかりが媚《こ》びを売ってくるとは皮肉なものだな」

セイランは女のはだけた胸に冷たい視線を向けた。女の性を誇示するかのように盛りあがった胸もと。

一年半ほど前に出会った人族の令嬢を思い出す。彼女も豊かな胸をしていた。さすがに貴族の娘なのでこんな淫らな格好はしていなかったが、裸になれば、上等な布の下には同じ脂肪の塊があるのだろう。

ただひとり彼が想いを寄せたあの女性は、もう婚約者に抱かれたのだろうか。清純だった彼女は肉欲に汚れたのか。

体が震えるようないらだちに襲われながら睨んでいた娼婦の白い胸乳に、ふと欲望を覚える。

突然セイランは立ちあがると、女の手を引き、無理やり窓際に立たせた。

「あっ……」

「その気になった。特別に、おまえの希望を叶えてやろう」

うわべだけは優しげにささやく。だがその直後、下着をつけていない娼婦に、背後からずぶりと猛《たけ》った男根を挿入した。

「んあっ！　んっ、ふあっ、ああっ」

なんの前戯もなかったが、娼婦のそこはすでに男を受け入れる準備がなされていた。セイランはぬかるむ蜜穴をいきり立ったもので激しく責める。

女は立ったまま突かれ、大きな声であえいだ。

「あぁ、あああぁんっ、セイランさま、あぁ……！」

何度も抽挿を繰り返し、いよいよ射精の体勢に入った男は腰の動きを速める。

ところがその瞬間、セイランは急に動きを止めた。なにかに気づいたように宙を見つめる。

「セイランさま？」

無言のまま、女の中から己自身を抜く。薄紅色の男根は女の愛液にまみれてぬらぬらと照り、まだ隆々と昂《たかぶ》っていた。

「……あの」

「興が醒《さ》めた。出ていけ」

「え？」

セイランは猛々《たけだけ》しい屹立とはうらはらな、冷えたまなざしで彼女を見おろした。

「セイランさまは、その、まだ……」

戸惑いながらも媚《こ》びをにじませてすり寄る女に、冷酷な笑みを浮かべる。

「命が惜しくないとは珍しい。新しく手に入れた剣の試し斬りにちょうどよいかもしれぬな」

「ひ、ひぃ！　今すぐ下がりますので、どうぞお許しを！」

乱れた衣服を直しもせずに慌てて部屋からまろび出ていく女。だがセイランはそれを一顧だにしない。

彼は豪華な客間の片隅にある飾り箪笥《だんす》の陰をじっと見つめた。

「――して、首尾は？」

紅《くれない》の瞳が光ると、薄暗がりの中から音もなく、ほっそりとした影が現れた。

影は半裸のセイランの前に恭《うやうや》しくひざまずく。黒一色の男のような身なりながら、その体の凹《おう》凸《とつ》は成熟した女性のものである。

「は。かの方はチェナーラへ到着されました。ただ……」

「ただ、なんだ」

「横やりが入りましてございます」

片眉を上げて続きを促《うなが》すセイランに、黒衣の女は淡々と答えた。

「まず、ご令嬢は国境の森にて、想定外の盗賊に襲われました」

女の丸い瞳孔が行灯《あんどん》の光を受けて、縦に長く伸びる。黄褐色《おうかっしょく》の虹彩《こうさい》に、縦に裂けた黒い瞳孔。その瞳孔は蛇の獣人の証だ。

肌は濃い褐色《かっしょく》で、頬から喉にかけては、ほの白い模様が浮き出ていた。

『レスルーラ王国王太子の婚約者、アナスタージア・クラリースの動向を探れ』

それが最初に女へと与えた指令だった。

セイランはこの数週間、蛇獣人の女にクラリース伯爵家の娘アナスタージアの身辺を探らせていた。彼が以前から目をつけ手駒として取り込んでいた人族の貴族、ウィバリー伯爵に敵対するような気配が見られたからだ。

そして、彼女が王太子から婚約を破棄され国外追放されたという一報を受けると、すぐに命令を変更した。

アナスタージアがレスルーラ王国とブライ帝国の緩衝地帯《かんしょうちたい》に入り次第、自分の手下に拉致《らち》させることにしたのである。

セイランに買収された馬車は、計画どおり、街道を外れた森の奥でアナスタージアを置き去りにした。ところが、セイランの手の者が到着する前に、あの森を根城にする賊がアナスタージアをさらったらしい。

「まず、ということは、ほかにも邪魔が入ったのか」

「はい。ご令嬢が盗賊どもに乱暴されかけたところへ〝翡翠茶館《ひすいさかん》〟という娼館の手の者が乱入し、そのまま連れ去りました」

「ほう?」

「やけに戦い慣れた黒豹の獣人でした。軽く調査いたしましたが、まだ娼館の用心棒であるということしかわかっておりません」

「うさんくさいな」

「は……。ご令嬢は今、その翡翠茶館に向かっております」

セイランは軽く髪をかきあげて、わずかに眉をひそめた。

「面倒だ。確実に我が手のうちに置いておきたい。誘拐できるか?」

「これ以上は、わたくしの一存では。皇帝陛下のご命令があれば」

蛇女の顔にも声にも、あからさまな感情の色はない。

「なるほど、私の命では動けぬと言うか。〝影〟ごときが」

くくっと皮肉っぽくセイランが笑う。女はひざまずいたまま沈黙を守った。

〝影〟は金獅子朝ブライ帝国の影だ。彼女の属する蝮《まむし》の一族は、はるか昔から獣人の国の暗部を担うことを定められている。

彼女は皇帝の命で、皇子であるセイランにつけられてはいるが、情報収集以上のことはセイランの指示では動かない。そのため汚れ仕事は、また別のつてで下々の者にやらせていた。

「まぁ、よい。あとはあの女を餌に、ジュリエット・ウィバリーを呼び寄せるのみ」

「…………」

「清らかな春の乙女は、かつての恋敵を救うために私の前に身を投げ出すか。それとも、我が身かわいさに哀れな境遇の女を見捨てるか」

〝清らかな春の乙女〟――それは、レスルーラ王国王太子ヴィンセントの新たな婚約者のことである。

アナスタージアの代わりにヴィンセントから愛され、王太子妃にのぼりつめようとしている、かつての学友ジュリエット・ウィバリー。セイランの息のかかったウィバリー伯爵の娘でもある。

セイランは、留学先のレスルーラ王国の学園で出会ったジュリエットに執着していた。

ジュリエットは伯爵の隠し子で、もともとは平民として育っていた。それゆえの気安さか、セイランが隣国の皇弟であることに臆《おく》することもなく親しくなった。

子供のころは体が弱く伏せってばかりいたセイランは、武を重んじる故国では嘲笑の的だった。

また白髪赤瞳という奇相もあいまって、母親にすら忌《い》み嫌われていた。のちに皇帝になった兄が優秀だったから、余計その待遇の差は幼いセイランを苦しめた。

そんなセイランをありのままに受け入れてくれたのは、これまでの人生でジュリエットだけだったのだ。だからこそ、少しでもジュリエットとのつながりを保つべく、ウィバリー伯爵に目をつけたのだが……

レスルーラ王国の王太子が婚約を破棄し、ジュリエットを新たな王太子妃候補に据えたとき、セイランの中のなにかが壊れた。

純白の皇子は白皙《はくせき》に冷たい笑みを浮かべる。

「献身か、保身か。どちらに転んでも愉快なことだな。一枚皮を脱ぎ捨てれば、獣人も人族も変わらぬ。欲に溺れて、欲に死ぬのだ」

まるで純真だったジュリエットが地に堕ちることを望んでいるかのような、ひねくれた物言いだった。

セイランははだけた衣服を脱ぎ捨て蛇女の前に裸身をさらすと、やや勢いを失っていた肉の棒を自らしごき、ふたたび奮い立たせる。

「……それでは、わたくしはこれにて」

顔を伏せたまま皇子の独り言を聞いていた〝影〟の女は、静かに頭を下げて去ろうとした。

そこにセイランが感情のない声で命じる。

「待て。これをしずめていけ」

美しい異相の男は黒衣の女の頭を鷲《わし》づかみにして、たらたらと涎《よだれ》を垂らす一物をその唇になすりつけた。

「……ッ」

女は金獅子朝ブライ帝国皇帝と、蝮《まむし》の一族の命令以外には従わない。今セイラン皇子に仕えているのも下命だからである。しかも、彼女はこれまで女の性を頻繁に手段として使ってきたが、今回はそういう指示は含まれていない。

それなのに、蝮《まむし》の女はおとなしく口を開けた。

セイランは女の口に、細身の体躯に見合わない巨大なものを無理やり押し込み、身勝手に腰を振りはじめた。

男の乱暴な動作にむせながらも、女は嬉々として従った。硬く張りつめた欲望に長い舌を絡ませ、その幹をしごきあげる。

「あぁ、よいな。おまえの喉の締めつけは、先ほどの醜女《しこめ》の胎《はら》に勝る」

セイランが彼女の顔を両手で固定したまま激しく喉奥を突くと、女がえずいて苦しそうにうめいた。男は嗜虐的《しぎゃくてき》な笑みを浮かべ、つかの間の愉楽に浸る。

蝮《まむし》の女の黄褐色《おうかっしょく》の虹彩《こうさい》、その中心にある黒い瞳孔が糸のように縦に長く伸びた。

女は興奮していた。彼女が一族の掟に縛られながらも、純白の皇子に惹かれている事実をだれも知らない。

初めて会ったときから、女は仮の主《あるじ》の退廃的な美に心酔していた。自ら破滅の淵へと近づいていくような危うさが女の好みだった。

「くっ、あぁぁ、出る。蛇の口に私の精を出すぞ！」

「……んぐっ」

セイランが女の喉の最奥に吐精すると、彼女の口内から白濁があふれた。さらに二、三度大きく腰を動かし、すべての欲望を出し尽くす。

常に沈着な暗部の女が、大量の粘液にひどく咳き込む。

「ごほっ、んぐっ！　げほっ、げほ、うっ」

朱色の円座に座り直したセイランは、そのさまを楽しげに眺めた。

盃《はい》に残った酒を飲み干し、皮肉っぽく頬をゆがめる。そして、急に興味を失ったかのように「また用があれば呼ぶ。去《い》ね」と吐き捨てて、女を羽虫のように追い払った。

第二章　悪役令嬢、魔都へ行く

「わぁー、綺麗ね！」

貿易船が行き来する青い海。

海岸線に沿うようにびっしりと並ぶ、赤い三角屋根の建物。

チェナーラは大きな港湾を囲む形で繁栄してきた街らしい。乗合馬車の休憩のときに丘の上から見おろしたチェナーラは、とても美しい港町だった。魔都と呼ばれるこの街も、昼は穏やかな顔を見せている。

そして、どこか見覚えのある建物の雰囲気。

ああ、これは……。そうだ、中華ファンタジー！

イーサンや道中見かけた獣人たちが変わった民族衣装を着ているなって思っていたんだけど、中華風の異世界だわ、これ。

そういえば、レスルーラ王国の学園に来ていたブライ帝国からの留学生も、チャイナ服みたいにアレンジした制服を着ていたっけ。

留学生――金獅子朝ブライ帝国皇帝の弟セイランは、学園内でひそかに〝純白の皇子〟と呼ばれていた。

真っ白な長髪と紅《くれない》の瞳は神秘的な美しさで、ふだん獣人を差別している者たちも彼を侮蔑《ぶべつ》することはなかった。まあ、美貌と身分で周囲を圧倒していただけで、レスルーラ王国内の差別意識が改善されたわけではないけど。

セイランはわたしよりも一年早く卒業し、国に帰っていった。

「あの右手の丘に蛸《たこ》の足のように広がる建物が、チェナーラでもっとも格式の高い妓楼《ぎろう》、天紅楼だ」

イーサンが指をさして教えてくれた。

たしかにくねくねとした蛸《たこ》みたいに、緑の丘の斜面を赤い屋根が連なっている。まだ太陽のもとだからのどかだけれど、夜に灯火がともされたら、さぞかしあでやかな光景だろう。

「俺たちが向かうのは左側、海岸沿いの崖の上の白い館。翡翠茶館っていう娼館だ」

天紅楼ほどではないけれど、翡翠茶館も大きな建物だった。アジアと西洋の意匠《いしょう》が入りまじったようなコロニアルスタイルの館だ。

その翡翠茶館の方角へ向かって、チェナーラの街の雑踏の中を大型乗合馬車が進んでいく。あちこちの停車場で乗客を降ろしながら、馬車は海岸沿いの街道を走った。

金獅子朝ブライ帝国は、人族と神獣の混血といわれる獣人族の国。こうして見ているだけでも、いろんな種類の獣人がいる。

獣人は体の一部に動物の特徴がある。

犬や猫の獣人は見た目でわかりやすい。虎や狼といった、体の大きな肉食動物っぽい雰囲気の人もいる。一方で背の低い小動物系の人々も、街頭で忙しそうに働いていた。

ちなみにわたしは簡素なボンネットをかぶって耳を隠しているので、なんとか目立たずに過ごせている。

今、この獣人の国は、セイランの年の離れた兄である皇帝によって治められていた。今代の皇帝は賢帝の誉《ほま》れ高く、穏健派としてレスルーラでも知られている。

皇帝の政策のおかげで、どうやら思っていたより人族は受け入れられているらしい。むしろレスルーラ王国内の獣人差別よりもマシかもしれない。

道中の宿で獣耳のない頭を見られてしまったときも、好奇の目では見られたけれど、あからさまな差別はなかった。ずっと緊張してイーサンの陰に隠れるようにして旅してきたので、少しほっとしたけれど、まだボンネットを取る勇気は出ない。

「もうすぐ着く。翡翠茶館に入ったら帽子を脱いでもいいけど、許可がないかぎり館の敷地の外には出ないようにしてくれ」

「娼婦には自由がないってことね」

イーサンの言葉を噛みしめてうなずく。

なるほど、娼館の掟みたいなものかしら。江戸時代の遊郭でも遊女の足抜けは禁じられ、脱走が発覚すると厳しい折檻を受けたというし。

もし娼館エンドを迎えていたら、わたしもそうなっていたのかもしれない。まだ油断しちゃだめだけど。

「いや、そもそもあんたは娼婦じゃないし」

事情を知らないイーサンはあきれたようにため息をつく。

「だけど、たしかに娼館に女がいたら、娼婦と間違われることもあると思う。ただでさえ、非力な人族の女がひとりで出歩くには危険な街だ。十分気をつけてくれよ」

「わかったわ」

「あと、名前は〝アナ〟とだけ名乗ったほうがいいかもしれない。アナスタージアって名は庶民にしては大げさだ」

「そう？」

「金持ちっぽいにおいがする」

クンクンとふざけて鼻を動かして近づいてくるイーサンを「わかったからやめて！」と押し返した。

「さあ、ここだ」

乗合馬車を降り、イーサンと話しながら歩いているうちに到着した翡翠茶館は、歓楽街の一等地〝七色牡丹街《なないろぼたんがい》〟にある高級娼館だ。

客層は獣人の貴族や高級将校、富裕層などの特権階級。さすがに堂々とした立派な館で、周囲にも歓楽街とは思えない、品のある美しい建物が並んでいる。

裏口から慣れた様子で入っていくイーサンについて、わたしも翡翠茶館の通用門をくぐった。

門の中は、美しい中華風の庭園になっていた。人けのない小道を歩いていくと、瓢箪《ひょうたん》の形の池がある。池のまわりにはさまざまな種類の木や花が植栽されており、さらにそのまわりを赤い柱の並ぶ回廊がぐるりと取り囲んでいた。

その優雅な回廊の角を何度か曲がると、目の前に大きな白い館が現れる。

「ここが翡翠茶館の本館だ」

「建物がたくさんあるのね」

「ああ。裏方も、ほとんどのやつは住み込みで働いているから、敷地の中には使用人の住居棟もある」

本館の玄関は意外とシンプルで、実用的な造りだった。娼館ってこんなものなのかしらと思っていたら、ここは裏口らしい。表玄関を使うのは客だけだとイーサンが教えてくれた。

廊下の動線も表向きと裏向きに分かれていて、わたしたちは従業員用の通路を使って最上階に続く階段を上った。

イーサンはまず翡翠茶館の主人にあいさつするという。緊張しながら扉を開けると、そこには強烈な美女がいた。

「イーサン、久しぶりだねぇ。小間使いから話は聞いたよ。人族の娘だって？」

「ああ。悪いが、しばらく世話になるぜ」

極彩色の椅子で優雅に脚を組み、煙管《キセル》をふかしているのは、女盛りのなまめかしい女性だった。女盛りというよりも、年齢不詳といったほうがいいかもしれない。わたしより年上なことはたしかだけど、どのくらい上かはわからない。

彼女はオレンジ色の豊かな長い髪を粋《いき》なスタイルでサイドに流していた。ピンと立った三角形の耳と長いしっぽ、切れあがった目もとに時折細くなる瞳。猫の獣人のようだ。

「そのお嬢さんをうちで預かればいいのかい？」

翡翠茶館の女主人は唇の端を吊りあげ、にやりと笑った。

大人の色気がムンムンしている。わたし、アナスタージアの体もかなりグラマラスだけど、彼女はもっとすごい。チャイナドレスを押しあげる爆乳……

わたしはイーサンに背中を押され、軽く腰を落としてその女性にあいさつをした。

「初めてお目にかかります。アナと申します。よろしくお願いいたします」

「ふーん、アナ、ね」

金色の瞳が、私を上から下まで眺めまわす。品定めされているような気分になった。

「なかなかしつけが行き届いているじゃないか。あたしはこの茶館の女主人、リンユーだ。しかし、イーサン、あんたが女のために頭を下げるとはねぇ」

煙管《キセル》から吸った煙を舌で転がし、ふーっと吐き出す。お香のようなにおいが周囲に漂った。

「わけありで保護したんだ。使用人棟の離れを貸してほしいんだが、空いているかな」

「離れ？　まあ、今はだれも使っていないからいいけどさ、この娘ひとりなら使用人部屋の一室でいいんじゃないの」

「いや、俺も一緒に泊まるから」

リンユーが軽く目を見開く。

わたしもちょっと驚いた。イーサンと一緒に暮らすの？

わたしは仕事が見つかるまで、とりあえずここにひとりで間借りさせてもらうのかと思っていた。

「あれまぁ。そういうことなの。へぇ」

リンユーはにやにやと笑って、わたしとイーサンをからかうように交互に見る。

んん？　誤解されている気配がする。

「違うんです」

「違うって」

慌てて否定しようとしたら、イーサンと声がかぶってしまった。

目を見合わせる。どうぞと手のひらを向けると、イーサンもそっちから先に、と手を振った。

「イーサンは、世間知らずなわたしを心配してくれているだけで……」

「こいつはまだこの国に慣れていないから……」

また同時に話しはじめてしまった。

「あっ、ごめんなさい」

「いや」

そんなわたしたちを見て、リンユーがオレンジ色の髪を揺らし豪快に笑った。

「ははは、お似合いのふたりじゃないか。こういう街だ。細かいわけは聞きゃしないよ。その代わり、自分の面倒は自分で見ておくれよ」

そして、ふたたび煙管《キセル》をふかし、艶《つや》やかに笑みを深めた。

「お嬢さん、ここは男の極楽、女の地獄。七色牡丹街へようこそ」


次の日から、わたしは翡翠茶館の下働きを始めた。

まずは指定された中庭に行く。昨日見た瓢箪池《ひょうたんいけ》のある庭ではなく、竹林の手前に大きな石や亭《てい》――いわゆる東屋《あずまや》が配置された広い庭だった。

「そのあたりを掃《は》いておいておくれ、アナ」

「ヤーイーおばあさん、集めたゴミはどこへ捨てればいいの？」

下働きの先輩、ヤーイーおばあさんは小柄な白髪の老女だ。頭の上に小さな耳、うしろには縦じまのふさふさしたしっぽ。栗鼠《りす》の獣人とのことだった。

昨日、住まいから食事までお世話になるのだからなにかしたいとリンユーに申し出たら、ヤーイーおばあさんを紹介されたのだ。

彼女はわたしにつきっきりで仕事を教えてくれた。だいぶお年のようで動きはゆっくりだけれど、丁寧な仕事ぶりだった。

「旗袍《チーパオ》がよく似合っているね。べっぴんさんだ」

「本当に？　うれしいわ」

作業するわたしをじっと見て、ヤーイーおばあさんが微笑んだ。

旗袍《チーパオ》――今来ている衣類は、イーサンがどこからか調達してくれたものだ。

チャイナドレス風の民族衣装は綺麗な朱色で、襟もとに簡単な刺繍がしてある。スカートのサイドに深いスリットが入っているけれど、下にパンツやアンダースカートをはく仕様になっているので、作業着としても動きやすい。

前世でもアジアンなテイストが好きだったので、この服はかわいらしくてうれしい。

「離れの調度に不自由はないかね」

「はい。もしかして離れの仕度は、ヤーイーおばあさんがしてくれたの？」

「ああ、もとからあそこの掃除はあたしがしていたからね」

「そうなんですね。綺麗に整えてくださってありがとうございます」

借りた離れは、表の豪華な建物からは見えない奥まったところにあった。結婚して家族で働く使用人用らしく、こぢんまりとした建物が木陰に二棟建っている。今はどちらも使われていない。

離れには居間のほかに個室がふたつあって、わたしとイーサンは別の寝室だ。

チェナーラまでの旅の宿屋は、イーサンと同室のことが多かった。イーサンは寝るとき、獣型になってわたしに添い寝してくれた。艶《つや》のある黒豹の毛は意外と柔らかくて、すべすべした手ざわりで……

あの素敵なもふもふと一緒に寝られないのは、ちょっとさびしい。

そんなことを思いながら中庭を掃除していると、本館のほうからイーサンが現れた。

しなやかでたくましい体は鍛えられた筋肉に覆《おお》われている。表情はいつもにやにやしていて軽く見えるのに、姿勢はまるで本職の騎士みたいにピシッとしている。

そのイーサンの隣には、見たこともないような美しい女性がいた。

ザ・絶世の美女！　明るい茶褐色《ちゃかっしょく》の髪と長いしっぽがゴージャスだ。狐の獣人っぽい。

イーサンは美女と親しそうに話している。

「いつまでここにいるかは、まだわからないんだ」

「まぁ、そうなの？　しばらく腰を落ち着けるのかと思ったわ。珍しく女連れだし……」

そう言って、狐獣人の彼女はちらりと横目でわたしを見た。

「ああ、そういう相手じゃないよ。ちょっと預かってるだけ」

「そうなの？　じゃあさ、今夜にでも部屋に来ない？　わたし、休みを取るわ」

イーサンの腕にしなだれかかる彼女は、翡翠茶館の稼ぎ頭と言われている女性だろう。その美しさで何人もの〝太客〟がついているという話を聞いた。

「魅力的な誘いだけど、俺がここの女とつきあわないのは知ってるでしょ？　ごめんね」

そんな美女からあからさまに迫られても、イーサンはへらりと笑ってかわしている。

狐の美女が苦笑すると、イーサンはその肩を抱いて彼女の耳になにかささやいた。美女はクスクスと笑っている。

「――気になる？」

そのとき突然、背後から声がかかった。柔らかな男の声だ。

振り返ると、見知らぬ男性がいた。

「……あなたは？」

犬の獣人かしら。クリーム色の髪に、ピンと立った耳と短いしっぽ。

「やぁ、僕はルイジェ。翡翠茶館でごひいきにしてもらっている廻《まわ》り髪結いだよ。きみは新しい娼妓さん？」

わたしと同じくらいの年齢みたいだけど、乙女ゲームでいったら弟キャラ系の人懐っこい雰囲気がする。

「廻《まわ》り髪結い？」

「うん、通いで髪結いをしているんだ。きみは用心棒のイーサンが連れてきた女の子だよね」

そうか、外から来ている美容師さんなのね。

愛想よくにこにこしている様子に、思わずわたしも微笑んで返事をしようとしたとき、大きな影がわたしの前に立った。

「え？　イーサン？」

ついさっきまで回廊の端で美女と話していたイーサンが、いつの間にか目の前にいる。

イーサンはルイジェに向かって片方の眉を吊りあげた。

「こいつは俺の客人だ。手を出したら……わかっているな？」

すごみのある低い声。にやけた顔は引きしまり、初めて彼を見たときのような厳しい表情をしていた。さっきまでの遊び人風の態度とは全然違っていて、戸惑ってしまう。

ルイジェはやはり笑顔のまま、「いやいや、そんなんじゃないから」と両手を胸の前でぶんぶんと振る。

「怖い顔をしないでくれよ。お得意さまになってくれるかと思っただけなんだ」

イーサンの厚みのある体の向こうからひょいと顔だけのぞかせると、ルイジェはわたしに悪戯《いたずら》っぽくウインクした。

「きみ、名前は？」

「え、あ、アナ」

「そう。アナ、じゃあまたね」

手を振って去っていくルイジェに、イーサンが小さく舌打ちする。

「あいつは相手にするなよ。ちゃらちゃらした軟派な男だ」

「優しそうな人じゃない。それに、あなたがそんなことを言うの？」

つい笑ってしまったわたしに、「男を見る目がなさすぎる」とイーサンが顔をしかめて盛大にため息をついた。

「マジで気をつけろよ？」

そう念を押すと、イーサンはまたどこかに出かけていった。

わたしはヤーイーおばあさんと夕方まで下働きの仕事をする。久しぶりに、こんなに長くイーサン以外の人と過ごした。

暗くなる前にはイーサンも帰ってきて、ふたりで夕飯を食べた。

「仕事はきつくないか？　こんなこと慣れてないだろ。いつでも休んでいいんだぜ？」

イーサンがそう言い出したのは、食べ終えた夕飯の食器を並んで洗っているときだった。

わたしはひとりでも洗い物くらいできると主張したのだけれど、イーサンは自分がやると言って聞かなくて、折衷案《せっちゅうあん》として一緒にやることになった。

食事は個人で作るのではなく、茶館の厨房《ちゅうぼう》からもらってきて、翌日食器を返すシステムらしい。

「ちょっと庭を掃《は》いて、ゴミを片づけたくらいで大げさよ」

「だけど、半日は外にいたんじゃないか？」

文句を言っているような口調だけど、心配してくれているのかな。

「そうねえ。ちょっと日に焼けたかしら」

「ふーん、たしかに」

イーサンがわたしの旗袍《チーパオ》の立襟をひょいっとめくって、胸もとをのぞき込んだ。

「わっ、なにするの!?」

「確認。服に隠れているところは真っ白だな。それと比べると、少し焼けたかもね」

一歩下がって、イーサンから離れる。じとーっと見ると、イーサンがおどけて笑った。

「はは、そんなに警戒するなって。むしろ俺の自制心をほめてほしいくらいなんだけど？」

「な、なにを」

「あー、冗談だよ。まあ、急に無理すんな。まだ旅の疲れは残っているはずだし」

ふざけてはいるけど、根っこは優しいのよね、きっと。

「うん……。じゃあ、疲れを癒《い》やすために、ひとつお願いがあるのだけど」

わたしは上目遣いにイーサンを見て、とっておきのお願いをした。

それから食器を拭いたり汚れた水を片づけたりしたあと、いそいそと寝仕度を終えて待っていると、イーサンがわたしの部屋にやってきた。

「わーい、ありがとう！」

「どうしてこうなるんだ」

イーサンは寝台の上ではしゃぐわたしを見おろし、しばし眉間にしわを寄せて悩んでいる。

「うふふ、うれしい」

わたしがお願いしたのは、黒豹の姿のイーサンと一緒に寝ること！

やっぱり癒《い》やしといえば、もふもふよね。

イーサンは目をきらきらさせたわたしに、ふっと苦笑する。

「本当に変な女」

そして「壁のほうを向いてろよー」と手をひらひらと振った。

「壁を？　なんで？」

「男が服を脱ぐところを見たいの？」

「ええっ!?　だって、今まで……」

あれ？　そういえば、イーサンが目の前で獣身に変化したのは、盗賊たちから救ってもらったときだけだ。あの日は媚薬で朦朧《もうろう》としていたので、細かいことは覚えていない。

旅の道中は、いつも黒豹の姿になってから寝台に現れていたし。

「服を脱いでおかないと破ける」

「えぇっ」

もしかして、あのときは破けたの？

イーサンの筋肉がふくらんでシャツがビリビリ裂ける様子を想像してしまったけれど、詳しくは聞けないまま壁のほうを向いた。

白い光がうしろから差して、壁にゆらりとわたしの影が映る。振り向くと、そこには大きな黒豹がいた。

わたしが手を伸ばすと、黒豹が軽く床を蹴り寝台にのってくる。太い首に抱きつくと、なめらかな短毛が上等なシルクのよう。胸もとのあたりは少し毛が濃くてもふもふしている。

「ああ……気持ちいい。素敵……」

黒い体毛にすりすりしていると、大きな舌がわたしの顔を舐めてきた。ざらざらした舌に耳を舐められて笑ってしまう。

「くすぐったい、ふふ」

王太子に婚約を破棄されて城を追い出され、深い森に捨てられた。そして、盗賊に襲われ媚薬を飲まされ、貞操を奪われそうになって。最後にはイーサンに助けられ、なんとかここまで逃げのびてきた。

思えば結構大変な日々だったのに、今は不思議なくらい穏やかで満ち足りた気分だった。

「このまま、こんな日が続けばいいのにな」

小声でこぼすと、黒豹があたたかい毛並みでわたしを包んでくれた。

薄いカーテンのかかった窓から、翡翠茶館のあちこちにともる提灯《ちょうちん》の朱い光がぼんやりと差し込んでいる。

前世で、子供のころ楽しみにしていた夏祭りの夜を思い出した。地元の神社の参道には、明かりのともった灯籠《とうろう》が並んでいた。お宮の前には屋台がたくさん出ていて、同級生の友達とはしゃいで走りまわって、夏のイベントを楽しんだ。

祭りはハレの日だ。毎日は続かない。

翡翠茶館での日々も、きっとこのままでは終わらないだろう。そんな不穏な予感がして、わたしは大きな黒豹にしがみついた。


翡翠茶館から外へ出てはいけない。翡翠茶館の中でも、本館に行ってはいけない。

それは保護者のイーサンとのお約束。

ある意味、監禁中のような状態なのに、わたしは拍子抜けするくらいのんびりまったりと過ごしていた。イーサンがどこかへ出かけている昼の間は、お庭の掃除をしたり、ヤーイーおばあさんとお茶をしたり。

だから、油断していたのだ。

「そこの新入り！」

「…………」

「あなたのことよ。答えなさいよ！」

中庭のゴミ拾いをしたあとひと息ついていたら、本館に続く回廊から声をかけられた。

〝新入り〟なんて呼ばれたことがないから、わたしのことだとは思わなかった。だけど、周囲に人影はない。該当する新入りはわたしだけみたいだ。

「はい」

「あなた、アナっていうんですって？　イーサンと本当はどういう関係なの？」

わたし以上に悪役令嬢らしい態度で腕を組み、こちらを睨みつけているのは、先日イーサンと一緒にいるのを見かけた狐の獣人の美女だ。

「わたしは――」

「生意気な女ね！　ちょっと綺麗だからって調子に乗るんじゃないわよ！　わたしに口答えする気？」

彼女は機関銃のように叫ぶと、はっと口をつぐんだ。

えーと、まだなにも答えてないんですけど。

「…………」

「…………」

もしかして彼女の中に想定問答集があって、わたしが答える前に勢いで自分のセリフを言ってしまったんだろうか。

狐の美女は少し気まずそうに口を引き結んだ。

「ま、まぁ、新入りだし、多少の無礼は許してあげるわよ」

「ありがとうございます」

大きな三角形の狐の耳がピルピルと忙しなく動くのが、ちょっとかわいらしい。意外と裏表のない人なのかな？

「はじめまして、わたしはアナと申します。困っているところをイーサンに助けてもらって、ここに来ました」

「じゃあ、イーサンの女じゃないの？」

「女!?　違います、そんなのじゃありません。彼は命の恩人で、わたしは保護してもらっているだけです」

目に見えて彼女の態度が和らいだ。

「やっぱりそうよね。あの人が女を連れ込むなんておかしいと思ったわ」

「は、はい」

「わたしはミオン。もっとイーサンのことを聞きたいから、わたしの部屋までいらっしゃい」

「えっ、ちょっと待っ……ええ!?」

女性といえどもさすが獣人、想像以上に力が強い。

ぐいぐいと腕を引っ張られ、わたしは逆らうこともできないまま翡翠茶館の本館に引きずり込まれてしまったのだった。

「わぁ、ここが本館の表側」

チェナーラで三本の指に入る高級娼館である、翡翠茶館の本館。

客に見せるための表玄関のホールはエキゾチックで、さすがにゴージャスな造りだった。ここに来たばかりのときに使った従業員用の通路とは全然違う。

　赤い柱が等間隔で並ぶ大きなホールから螺旋《らせん》階段が左右に伸び、きらびやかな絵の描かれた天井からは大きなシャンデリアが下がっている。

　そのホールを横目で見ながら、わたしはミオンに連れられ、裏側の階段から二階に上がった。売れっ子のミオンは二階のよい場所に専用の部屋を与えられているらしい。

「さあ、入って」

「はい。素敵なお部屋ですね」

　前世風にいうならメゾネット。広いワンルームの中に細めの螺旋《らせん》階段があり、上の階にも部屋があるようだ。翡翠茶館ナンバーワンのプライベートルームだけのことはある。

「わたしほどじゃないけど、あんただってそれなりに美人なんだから、一生懸命がんばれば稼げるわよ」

「いえ、わたしは……」

　娼婦か。森の奥で盗賊に襲われたときのこと、そして乙女ゲームの娼館エンドのことを久しぶりに思い出す。無意識のうちに体が細かく震えた。

　ミオンはそれを見て、違うことを思ったらしい。

「あら、あんた、もしかして処女？　へぇ、一緒に住んでるのに、ほんとにイーサンと寝てないんだー」

　じろじろとわたしを眺めまわすミオン。彼女はひとしきり観察して飽きたのか、応接スペースのソファーを勧めてくれた。

実際はわたしとイーサンは同じ寝台を使い、黒豹に変化した彼に添い寝してもらったりしている。

でも、彼女が言っているのはもちろんそういう意味じゃないわよね。

そういう意味——媚薬を盛られた夜、イーサンとキスして抱きしめあって、体中に快感を与えられたことを思い出す。ちょっと頬が赤らむのを感じた。

「なに、その恋する乙女みたいな顔」

ミオンが片眉を上げてわたしを見ている。

「えっ、そういうわけじゃ」

思いも寄らないことを言われて困ってしまったけれど、せっかくだから、わたしも気になっていたことをミオンに聞いてみた。

「あの、ミオンさんはイーサンの、その、恋人なのでしょうか」

「まさか」

「じゃあ、馴染み、とか?」

「そう見える?」

「とても親しそうだったので」

「ま、娼妓の中じゃあ親しいほうかもね」

「……そうですか」

やっぱりそうなのか。

イーサンだって大人の男なんだし、そういう女性がいてもおかしくない。

あの日、わたしの太ももにあたっていた硬い感触がよみがえる。

そうね、機能は正常だったみたいだし！

「あの人、店の女とは絶対寝ないわよ」

「え？」

「外に女がいるかどうかは知らないけどね」

なぜかちょっとほっとする。そんな自分に慌ててしまった。

「ふーん、もしかしてアナも片想い？」

「いえ、わたしはそんな」

「隠さなくてもいいのよー。いい男だもんね」

にやにやと笑っていたミオンが、突然親しげに話しかけてきた。

「わたしさ、ずっとイーサンを口説いてるのよね。顔も体もいいし。私生活がわからなくて謎めいてるところも、危険な香りがしてときめくのよー」

「は、はい」

「ま、わたしは売れっ子だし、いずれどこかの旦那さまに請け出される身だけど、それまでは恋したっていいじゃない。お客に悟られさえしなければね」

軽くウインクするミオンは、わたしと同世代の等身大の女性に見えた。恋っていうより、イケメン俳優に夢中になっている女の子のようなかわいらしさもあって。

「わかります。人を好きになるのは自由ですよね」

にこりと笑いかけると、ミオンもにーっと唇の両端を上げて笑った。

そのあとミオンがお茶を淹《い》れてくれ、わたしがチェナーラにたどりつくまでの旅の話や翡翠茶館の噂話などをして、意外と楽しい時間を過ごせた。

夕飯の時間が近くなったので、女子会を終わらせて離れに戻ろうとすると、ミオンが送ってくれるという。中庭から本館まで通ってきた道は覚えていたのでひとりで帰ろうと思っていたのだけれど、せっかく仲よくなれたんだしと考え直して、気楽なおしゃべりをしながら歩く。

夕方近くなって起きてきた娼婦たちが、そこここでくつろいでいる姿が見えた。翡翠茶館は暗くなってからが稼ぎどきだ。

朱い提灯《ちょうちん》に火が入れられ、いよいよ魔都らしいあやしい雰囲気になってきた。

「でさ、昨日の食事の中にキノコが入っていたのよ。わたしがキノコ嫌いだって知ってるくせに、あの料理人が意地悪で……」

そんなとりとめのない話をしていたわたしたちが中庭の回廊を曲がり、狭い廊下にさしかかったとき、どこからか押し殺したような泣き声が聞こえてきた。

「……く、ひっく」

「なにかしら」

声のするほうを目で探すと、廊下の柱に隠れるようにしてひとりの少女がうずくまっている。

「あれは……」

羊の獣人だろうか。

白くてふわふわした長めの耳が頭の横に生えている。髪の毛もふわっとした柔らかそうな巻き毛で、耳の上にある渦巻き状の小さな角がかわいらしかった。

少しだけ近づいてみると背も低いし、まだ幼さの残る顔立ちだ。彼女はわたしよりもずっと年下に見えた。

「女の子が泣いていますね。大丈夫かしら」

「ああ、しばらく前に入ってきた新人ね。そろそろ水揚げなんじゃないの」

「水揚げ？」

「初めての客を取るのよ」

初めての客。

ミオンから言われてまじまじと羊の少女を見てしまった。

涙がにじんで目もとの化粧はよれてしまっているけれど、あどけない顔には年に見合わないほど華やかなメイクがほどこされている。

「あんなに小さな子が？」

「そう？　もう十分客を取れる年齢にはなってるんじゃない？　だから、娼館に売られたんだと思うし」

「売られた……」

「あら、そんなに珍しい？　よくあることよ。わたしだってここに来たのはもっと小さい時分だったわよ」

ミオンはとくに感慨もなさそうな口調だった。

よくあること、なのか。娼館では、わたしよりも若い女の子が娼婦としてデビューするのも決して驚くことではないんだ。

「アナは金持ちの娘だったの？　深くは聞かないけどさ、田舎の暮らしは厳しいし、子だくさんの家も多いから、不作が続くと増えるのよ、新入りが」

「そうなんですか。わたしは街に住んでいたので、地方がそんな状況になっているなんて知りませんでした」

「まあ、普通の女の子の耳に花街の事情なんて入らないわよね。でも、あの娘は自分の器量がよかったことに感謝したほうがいいわ。翡翠茶館は客筋もいいし恵まれてるもの」

ミオンによると、貧しい地方の農村では男は働き手として残し、女は金になるから売られる場合が多いとのことだった。ミオン自身も北のほうにある寒村で育ち、村一番の器量よしだったことからずいぶん早くここに買い取られたらしい。

「貰い身分のお客さまにも失礼がないようにちゃんと教育も受けさせてくれるから、貧しい村で食うや食わずだったころよりはずっと世界が広がったわよ」

「………」

「もちろん、いやなことがなかったわけじゃないけどね」

ミオンにもいろいろあったのだろう。でも、彼女はそれを吹き飛ばすように明るくからからと笑った。

その大きな笑い声に、うずくまっていた羊耳の少女がハッとして顔を上げる。そして、潤んだ瞳でわたしを睨みつけると、ミオンに一礼してから早足で去っていった。

数日後、ヤーイーおばあさんのお使いで厨房《ちゅうぼう》に行った帰り、また廊下でその少女を見かけた。

回廊の壁にもたれて庭の花を見つめている。以前は濃い化粧をしていてもあどけなく見えた顔には、うっすらとすさんだ陰が落ちていた。

わたしが通りかかると、少女はやや垂れた白い耳をぴくりと動かした。そして、わたしを呼び止める。

「ねえ、あんた。こないだミオンさんと一緒にいた人でしょ」

「え？　ええ」

少女の声のとげとげしさに、ちょっと戸惑ってしまう。

この茶館の売れっ子であるミオンと親しげに話していたことが、気に食わなかったのかしら。

「あんた、なんなの？」

「わたし……？」

「なんのためにミオンさんに取り入ってるの。用心棒と一緒に暮らしているのに夫婦ってわけじゃないと聞いたし、客も取らずにふらふらしてる。娼婦じゃないの？」

「……違うわ」

「ふーん。なんだか知らないけど、お気楽でいいわよね。娼館にいるなら客くらい取りなさいよ。目ざわりだわ！」

少女はつかつかと歩み寄ってくると、わたしの肩を思い切り押した。

「あっ」

回廊の床にしりもちをついてしまう。

硬い石畳にぶつかった体が痛い。けれど、それ以上に彼女の視線が痛かった。

自分ではどうにもならない理不尽な定めへの憤《いきどお》りと悲しみ。彼女の中にあふれる感情が敵意となって、わたしの心を刺していた。

憎悪の瞳でこちらを睨んでいた少女が走り去っても、わたしは立ちあがれなかった。

しばらくしてから悪夢の中のように重い体を引きずって、住まいにしている離れに戻る。

だが夜が更けても、羊の獣人の少女の瞳が頭を離れなかった。故国のレスルーラ王国にも、あの少女のような子供たちはいたのだろうか。

貧しさから家族に売られ、花街の片隅で春をひさぐ女性たち。

たぶん、獣人の国だからというわけじゃない。わたしが知らなかっただけで、人族の国にも娼館や夜の街はあっただろう。

伯爵令嬢として恵まれた環境で生まれ育ったわたしは、レスルーラが豊かで幸せな国だと信じ込んでいただけなのだ。

「わたし、なにも見ていなかったのね」

前世の記憶がよみがえる前のアナスタージアの生活を思い出す。

いかに美しく装《よそお》うか。どれだけ高価な宝石を身につけるか。優雅な仕草に高い教養。家門の自慢や、婚約者の地位によるマウンティング。

貴族社会での社交は、微笑みの戦いだった。

わたしは勝ち組のつもりでいた。

この国で国王陛下の次に貴い王太子殿下の婚約者であり、〝レスルーラの金の薔薇〟と呼ばれるほどの美貌を持つ名門伯爵家の娘。

だけど、わたしは社交界しか見ていなかった。その狭い世界での争いを制し、女王扱いされていい気になっていた。

「……恥ずかしい」

婚約破棄をされたときも国外追放を宣言されたときも、なぜそんなことをされるのかと驚いたけれど、今思えばわたしの言動は〝悪役令嬢〟そのものだ。

将来レスルーラ王国を治める王太子の婚約者だったのだから、ほかの令嬢たちよりももっと現実を知る必要があった。

だれがこの国を支えているのか、上流階級だけではなく市井の人々がどのような暮らしをしているのか、関心を持って学ばなければならない立場にあったのに。

「『いせプリ』の中ではどうだったかしら」

久しぶりに乙女ゲームのことを考える。

会社員だったわたしが手ひどく失恋して、その痛みを忘れようとのめり込んだ『異世界プリンスと恋の予感』。華やかなヨーロッパ風の城でさまざまなタイプのイケメンたちに甘い言葉をささやかれ、恋のさやあてを楽しむ夢の世界。

転生したこの世はきらきらした乙女ゲームの世界なのだと思っていたけど、現実は綺麗なだけの物語の舞台ではなかった。

離れの居間で立ち尽くしていたわたしは、ふらふらと歩いて窓辺の椅子に座り、朱い提灯《ちょうちん》の光に染まった夜の中庭を見るともなく眺めた。

「今日は遅いな、イーサン……」

無意識のうちに食卓に並べていたふたりぶんの夕飯は、もう冷めかけている。

昼間いつもどこかに出かけているイーサンは、だいたい夕飯の時間には帰ってきた。そして、軽口をたたきながらその日にあったことを話し、たまに黒豹の姿になってもらって一緒に寝る。そんな毎日が続いていた。

「もふもふに癒《い》やされたい」

それは逃避だとわかっていたので、今夜は絶対イーサンに獣化を頼まないようにしようと決意した。わたしだけが穏やかな時間を過ごすのはずるい気がして。

翡翠茶館の商《あきな》いは、これからの時間が書き入れどきだ。

本館のほうから、にぎやかな楽の音や人々の声が風にのって流れてくる。あの祭りのような活気の陰に、羊の獣人の少女の涙がある。

わたしはため息をついた。

「日本にもいろいろあったわよね」

前世で暮らしていた懐かしい日本。この世界とは違って、便利で豊かな恵まれた国だったけれど、もちろんこういうお店もあった。

わたしの――佳奈の日常生活にはまったくかかわりはなかった。でも、彼氏が風俗に行っていたと友人に泣きつかれたこともあるし、知り合いの知り合いがＡＶに出ていたなんていう噂も聞いたことがある。

それでも佳奈にとって、それは乙女ゲームの中の架空のイベントと同じくらい、遠い出来事だった。

だけど、もしかしたら本当は、この世界もあの世界もそんなに変わらないのかもしれない。

光があって闇がある。その間《あわい》、明暗のグラデーションの中でみんな泣いたり笑ったりしながら生きている。

「アナ？　どうした？」

「え？」

突然、背後からイーサンの声がした。

あ……帰ってきたのね。

振り向くと、イーサンが小さな炉で火種を起こしていた。ポッとともった火を行灯《あんどん》の中に入れる。

薄暗い部屋が少し明るくなった。

「明かりくらいつけろよ。なにやってんだ」

行灯《あんどん》を机に置いて窓際に来たイーサンが、わたしをぎょっとした顔で見つめた。

「なんで泣いてるんだよ。昼間、なにかあったのか？」

「あ、ううん、なんでもない」

頬にさわると、たしかに濡れている。

椅子に座ったわたしのうしろから、イーサンがそっと髪をなでてくる。

「獣の姿になろうか？」

「ううん、大丈夫。もふもふになれば、わたしの機嫌がよくなるとでも思ってるの？」

「違うのか？」

にやり、とふざけた笑みを浮かべる黒豹の獣人。黒い獣耳がぴくっと動く。

「違わないけど！　今日は、だめなの」

エプロンの裾で目もとをぬぐうと、なんとか笑顔を作ってイーサンに向き直った。

「なんだよ、それ。わけわかんねえ」

彼はわたしの手を引いて、椅子から立たせた。

「イーサン？」

そして、突然正面から抱きしめられる。

「えっ、なに？」

「人の姿ならいいだろ？　本当にどうしたんだよ」

唇はからかうように弧を描いているけれど、琥珀色《こはくいろ》の瞳は心配そうにわたしを見ている。

その表情に、今のわたしの気持ちをちょっとだけ話してみようかなと思った。

「うん……。あのね、少しでいいから聞いてくれる？」

「なんでそんなに遠慮するんだよ。俺たち、ひとつの寝台で寝ている仲だろ？」

「また、そういうこと言う！」

イーサンの胸板をポカポカと殴るけれど、ちっとも効いていないようだ。彼は急にわたしを横抱きにして、そのまま椅子に座った。

わたし、おひざに抱っこされてる！

「重いでしょ⁉　おりるから、離して」

「だーめ」

イーサンは大きな手で、わたしの頭を自分の肩に軽く押しつけた。

「な、なに？」

「ほら、こうしたら見えないからさ、なんでも話していいよ」

「………」

チャラい、というより女たらしみたい。

彼にそんな気があるわけじゃないとわかっているわたしでも、イーサンの無意識の殺し文句に少しくらりとしてしまった。

でも、たしかに今、顔は見られたくないから、ちょうどいいかもしれない。

「新入りの女の子がね、泣いているのを見たの」

「ああ、よくあるな」

「やっぱり、よくあるんだ」

「そりゃな。だからといって胸が痛まないわけじゃないが」

「イーサンでもそんなふうに思うの？」

「俺をなんだと思ってるんだよ。俺の故郷はわりと温暖で生活には困らない土地だったけど、そんな場所ばかりじゃないからな。売られてきた娘はさんざん見たよ」

「そう……」

何度目かのため息をつくと、イーサンがわたしの頭をぽんぽんとたたいた。

「それで泣いてたのか？」

「うーん。ちょっと違うかも」

「どう違うんだ」

「そうね……」

わたしは後悔していた。

いろんな人がそれぞれの人生を生きているというのは日本と同じだけれど、ここはやっぱり日本とは違う。

「わたしね、その……とても裕福な家に生まれて、なに不自由なく育てられて。でも、その恵まれた環境を自分の失態で手放してしまったの」

違うのは、わたしの立場だ。

「今、わたしにあのころの力があったら、少しはなにかできたんじゃないかと思って」

もちろん、なにもできなかったかもしれない。

けれど、日本の平凡な会社員だった佳奈とは違って、王太子妃になる予定の伯爵令嬢には可能性があった。みんなを救えるなんて思いあがることはできないけど、苦界に生きる人々のためにできることはあったはずだ。

「その未来を自分のせいで永遠に失ってしまったことが悔しい」

そんなふうに思うようになったのは、レスルーラ王国を追放されてブライ帝国に来たからだとはわかっている。でも、わたしが王太子の婚約者だったころ、無駄遣いしていた権力や経済力を初めて惜しく思った。

「驚いたな。アナがそんなふうに考えていたなんて」

イーサンはわたしが貴族だったとは知らないはずなのに、すごく意外そうにつぶやいた。

「見かけはいいところのご令嬢っぽいのに、平民みたいなものの見方をするとは思っていたが、まさかそこまでとは」

「……そうね」

「お嬢さんにとっては、娼婦なんて最下層の虫みたいなもんだろ。そんな身分の相手のことを真剣に悩むなんて、本当にあんたは変なやつだよな」

『変なやつ』と言いながらも、その手は慰《なぐさ》めるようにわたしの背中をなでる。

わたしをすっぽりと包み込む広い胸。さりげなく寄りかからせてくれるたくましい肩。甘えちゃだめだと思うのに、痛む心を預けたくなってしまう。

「でもさ、アナは自分に厳しすぎないか？　罪悪感のあまり、自分を傷つけて罰を与えているように見える。そんなことをしても、なにかが変わるわけじゃない」

「自分に罰を……？」

「今は泣いたっていいし、甘えたっていい。それでまた明日がんばればいいだろ」

「だけど！　わたしはこれまで、それだけのことをしてきたんだもの。優しくしてもらう資格なんかないわ」

ううーんとうなりながら、イーサンが自分の頭をかいた。

「そうじゃなくてさ。あー、もういいや」

「だから、もういいってば。わたしは――」

「ちょっと黙って」

イーサンが急にわたしの両腕をつかんで体を離した。ふたりの間にひんやりとした夜の空気が忍び込む。

そして、その手のひらがすっと上がって、わたしの頬をとらえた。

「……っ！」

唇と唇がふれあう。驚いて見開いたままの目の端で、イーサンの意外と長いまつげがにじんで揺れた。

キス……？　わたし、イーサンに口づけられている？

それは、久しぶりのキスだった。森の中の小屋で、媚薬にさいなまれた体をしずめてもらったあの日。それ以来、初めての口づけ。

イーサンは少し唇を離すと、低い声でつぶやいた。

「優しくしてるわけじゃない。俺が口づけたいだけだ」

「………」

「だから、俺のせいにしとけ」

ふたたび重なった唇を熱い舌がつついた。イーサンの舌が口内に入ってくる。

「……んっ」

激しいような、なだめるような口づけは涙の味がした。

「イーサン……」

厚い舌がわたしの中をかきまわしたと思ったら、次の瞬間には軽く唇だけがふれあう子供みたいなキス。

彼の巧みな口づけに翻弄されて、暗い場所でこりかたまっていた意識がゆっくりとほぐれてくる。

冷たくなっていた体が徐々にあたたかくなる。

だれにともなく許しを請いたくなる焦燥感は、まだ残っているけれど――

少しだけ、胸の奥に詰まっていた苦い塊がとけていくような気がした。

翡翠茶館での生活にも慣れて、わたしはひとりで歩き回ることが多くなっていた。もちろん敷地の外には出ていない。

今日はイーサンの帰りが遅くなるというので、ヤーイーおばあさんと一緒に夕飯を食べた。

いつもは翌朝に食器を返却するのだけど、早めに食べ終えたので、今日のうちに返してしまおうと思いたち、回廊を通って厨房《ちゅうぼう》へと向かう。

「ごちそうさまでした。ヤーイーおばあさんもおいしいって言っていました」

「おお、よかった。今度またおまけしてやるよ」

「楽しみにしてますね！」

夕飯の食器を返しながら、熊耳の獣人にあいさつする。

彼は翡翠茶館の料理人。いかにも熊の獣人という大柄な体格だけど、穏やかな人だ。今日、夕飯を配膳してもらったとき、彼にふたりぶんの焼き栗をおまけしてもらったのだ。

あの熊耳シェフはたぶん、ミオンの食事にキノコを入れた〝犯人〟とは別人だと思う。焼き栗をくれたからってひいきしているわけじゃない。……たぶん。

「イーサンはどこに行ったのかしら」

ひとりごとをつぶやきながら、離れに戻る道をたどる。

いつもどおり、今朝もイーサンはどこかに出かけていった。ふだんは夕飯の時間には帰ってくるのに、今日は特別な用事でもあるのだろうか。

彼は昼間、いったいなにをしているのだろう。

ずっと気になってはいても、改まって尋ねることはできなかった。イーサンは謎が多いけれど、こちらも秘密を抱えている身だ。彼が言わないことにはあまり踏み込まないようにしている。

女主人のリンユーから用事を言いつかっていると、ちらっと聞いたことはある。でも、それって娼館の用心棒の仕事なのかしら。

「不思議な人よね」

最初は、ただの腕っぷしの強い男だと思っていた。もちろん命の恩人だし、面倒を見てくれていることにはとても感謝している。一方で、ふざけてからかってきたり、遊び人風の言動もあって、どこまで信じていいのかわからないところもある。

だけど、だんだん彼の包容力や、さりげなく気遣ってくれる優しさを知って、わたしはいつの間にか彼に心を開いていた。

「ふぅ……」

思わずため息が出る。

ううん、心を開いている、だけじゃない。自分をごまかさずに言えば、わたしは彼に惹かれていた。

こんな気持ちは早く忘れてしまわなければ、と強くこぶしを握る。かつては敵国だった人族の、追放された貴族。しかも、王太子の元婚約者。わたしみたいな面倒な立場で、恋するなんて許されるわけがない。

イーサンしか頼れない。そんな状況だから、わたしは彼に依存しているだけなんだ。そう思っておこう。

「――ねえ、ちょっと待って」

提灯《ちょうちん》のともりはじめた中庭を眺めながら廊下を歩いていると、うしろから声をかけられた。

「はい？」

振り返ると、そこにはあの少女がいた。

ふわふわした白い巻き毛に、長めの垂れ耳。耳の上には渦巻き状の角が少し顔を出している。

背が低いせいもあって幼く見える彼女は、数日前にわたしを待ち伏せていた羊の獣人の少女だった。

「こないだはごめんなさい」

彼女は目を伏せて、わたしに謝ってくる。

「……え？」

「あんたを罵《ののし》って、突き飛ばしたこと」

びっくりした。

翡翠茶館の売れっ子であるミオンとなれなれしくしていたことはもちろん、娼館にいるのに娼婦ではなく、用心棒と一緒に暮らしているのに彼の女でもないわたしは、のんきに食客《しょっかく》をしているように見えるだろう。

そんなふうに安穏と暮らすわたしを、彼女が腹立たしく思うのはあたり前だ。

「初めて客を取らされて、気が立っていたの。でも、あんたにあたっても、しょうがないことだったし」

羊の耳がぴくぴくと震える。

よく見ると少女の頬はこけて、最初に見たときよりもいくつか年齢を重ねたように感じた。

彼女の境遇がわたしのせいではないのはわかっている。そこまで他人の人生を背負うことはできないということも理解している。でも、年下の女の子の疲れた顔に罪悪感を刺激された。

羊の少女は上目遣いでわたしを見あげると、小さな声でつぶやいた。

「あのさ、わたし今夜は休みなの。お詫びにお茶でも出したいから、部屋に来てくれない？」

「わたしも無神経な振る舞いをしていたし、気にしないで」

「でも……」

彼女のしおらしい様子に、わたしはついうなずいていた。

「わかったわ。あまり遅くならないようなら、喜んで」

うっすらと微笑んだ彼女のあとについて、本館へ行く。

彼女の部屋は一階の奥まった場所にあった。翡翠茶館の看板であるミオンの居室とは違って、それほど広くはない簡素な部屋だ。でも、やっぱり一流娼館だからか、清潔で綺麗にしつらえられていた。

行灯《あんどん》のともる部屋の隅ではお香が焚《た》かれており、官能的な香りが漂っている。満月の夜にだけ咲くといわれている月光花のにおいに似ていた。

「ここがあなたの住まいなの？」

「ううん、仕事用の部屋。わたしの部屋は人を招くには狭すぎるから」

「そう……」

それから、少女が淹《い》れてくれたお茶を飲みながら、ぽつりぽつりと話をした。

彼女はリーリーという名前で、冬の寒さが厳しい北方の出身なのだそうだ。リーリーの家では娘が多く生まれたため、幼いころから売られることが決まっていた。

「まあ、売られたのはわたしだけじゃないし、待遇のいい翡翠茶館に来られただけ幸運なのかも」

気持ちを切り替えるように、リーリーはニコッとけなげな笑みを浮かべる。

「そういえば、アナさんはいつもすっぴんだけど、なにか理由があるの？」

「え？　とくに理由があるわけじゃないんだけど、なんとなく」

レスルーラ王国にいたころは、社交のために毎日ばっちりメイクを決めていたけれど、今はそんな必要もない。

少女はまじまじとわたしを見つめた。

「なにかおかしい？　わたしも少しはお化粧したほうがいいのかしら」

「変じゃないけど、もっと綺麗になれるのにもったいない。わたし、化粧の仕方を先輩に教えてもらったから、今度はわたしがアナさんに教えてあげる」

「え、ええ。じゃあ、お願いできる？」

そうか、覚えたことを試してみたいのね。

微笑ましい気持ちになって、彼女に言われるままに目を閉じ、メイクをしてもらう。

しばらくして化粧が終わったというので、鏡を見せてもらった。行灯《あんどん》の光の下、濃いめの口紅とアイシャドウで彩《いろど》られたわたしは、見るからに性格のきつそうな顔をしていた。

我ながら華麗な悪役顔だ。以前に戻ったかのようで、ちょっとドキッとする。

獣人の国の娼館で、悪役令嬢っぽい顔をした自分。ちらりと不吉な予感が頭をかすめたけれど、気のせいだと思い直した。

「ありがとう。華やかなお化粧ね」

「ふふ。とっても綺麗よ。これなら派手好きなあの男にも気に入られるでしょ」

「はい？」

「ちょっと待ってて」

軽く手を振ると、リーリーはさっさと部屋を出ていった。

「え？　どうしたの？」

リーリーの言葉と態度に違和感を覚えた。

なにかがおかしい。それでも心に傷を負った少女を裏切ってはいけない気がして、おとなしく待ってみる。でも、彼女はなかなか戻ってこない。

室内には行灯《あんどん》の明かりがあるけれど、窓の外はもう暗い。そろそろ翡翠茶館の商《あきな》いが始まるころだ。

さすがに変だと思って立ちあがると、くらっとめまいがした。

急に立ちあがったからかしら。足腰に力が入らない。頭も少しぼんやりする。

椅子に座り直したら落ち着いたので、そのまま冷めたお茶を飲んだ。

そのとき、部屋の扉が開いた。

「あ、おかえりなさ……」

けれど、そこにいたのは小柄な少女ではなかった。

大きな男だ。出入り口の上辺につかえてしまいそうなほど背が高い。

「どちらさまですか？」

マッチョな大男はにやりと笑い、ずかずかと室内に入ってきた。

「ふーん、おまえが人族の女か。想像以上の上玉だな」

「部屋をお間違えでは？」

「俺はワンジン。知らないか？　この国じゃ、わりと有名な剣闘士なんだぜ」

黄褐色《おうかっしょく》の髪のところどころに、メッシュのように黒い毛束が流れている。頭の上にはイーサンとよく似た耳が生えていた。見た目からすると虎の獣人だろうか。

ワンジンと名乗った男は、巨躯に見合わない素早さでわたしの目の前に来た。逃げ出す暇もないし、さっきのめまいが続いていて、すぐには立ちあがれない。

太い腕がぬっと伸びて、大きな手がわたしの二の腕をつかんだ。

「離してください」

酷薄そうな薄い茶色の瞳がわたしをのぞき込む。

「瞳孔が開いている。酔いが回ってきているな」

「わたし、お酒なんて飲んでいません」

「酒じゃない」

ワンジンの腕がわたしの腰に回り、軽々と持ちあげる。

「なにをするの。やめて！」

手足をばたつかせるけれど、彼にとってはなんの抵抗にもなっていないらしい。そのまま軽い荷物のように部屋の奥の寝台に放り投げられた。

「いやっ」

まずい。これは危険な状況だ。レスルーラ王国から追放され置き去りにされた森の中で、盗賊たちに襲われたときのことを思い出す。

早く逃げなくちゃ。そう思うのに、今度もうまく体が動かない。

どうしよう。焦って部屋の中を見まわしても、もちろん羊獣人の少女の姿はなかった。

「リーリーはどこ？」

「あいつなら自分の部屋に戻ったぜ。今ごろ、身請けされる準備でもしているだろうさ」

「身請け？　翡翠茶館をやめて、だれかに引き取られるの？」

「俺が身請けするんだよ。ああいうチビは好みじゃないんだがな。珍しい人族の美女、しかも初物と引き換えだ。悪い取引じゃない」

「ええ？　どういうことなの？」

「わからないか？」

猛獣のような鋭い目をした男が覆《おお》いかぶさってくる。そして、わたしの耳に重く低い声を吹き込んだ。

「おまえは、あの娘自身の身請けを条件に売られたんだ。翡翠茶館にも、女将《おかみ》にも内密でな。おまえも命が惜しかったら、だれにも言うんじゃねぇぞ。まあ、終わるころには、俺なしではいられない体になっているだろうがな」

ワンジンの節くれだった指が、わたしの旗袍《チーパオ》のボタンをはずしはじめる。ろくに抵抗できないうちに胸もとがはだけられ、素肌がさらされた。

「やめて」

「くくっ、俺は生意気そうな美人を屈服させるのが好きなんだ。勝気な女が自尊心を捨てて懇願してくる姿を想像すると、ぞくぞくするぜ」

「いやっ」

男の大きな手のひらが乳房をすくいあげて、ゆっくりともむ。

嫌悪感が込みあげる。感じているつもりはないのに、なぜかいつの間にか乳首が尖っていた。両方の先端をワンジンがつまむ。

「やぁ、ん、いやぁ……！」

「くくっ」

獰猛《どうもう》な笑みを浮かべて舌舐めずりをする虎の獣人。

「女の破瓜《はか》は一生に一度。初物食いは男の勲章だ。あのチビも俺が食ってやったんだ。優しくしてやったぜ？　翡翠茶館のチェックを潜り抜けないと、水揚げの順番が回ってこないからな」

翡翠茶館はこのチェナーラの街でも三本の指に入る高級娼館だ。金払いはもちろんだけど、人品や社会的な信用なども含めて、客の身元もよくよく確認されると聞いた。

「さて、おまえはどうされたい？」

ワンジンはたぶん暴力的で、人をいたぶって楽しむタイプだ。有名な剣闘士だと名乗っていたけれど、性癖を隠して翡翠茶館の女主人であるリンユーをだましていたのかもしれない。

「やめ……て、あんっ」

彼に胸を舐められて、嬌声が出てしまう。

「あぁ、あっ……あぁん！」

気持ちよくなんかないのに、なぜ体が反応するの？

「俺の愛撫に感じるか？　この香り、いいだろう？」

男が鼻をひくつかせた。のろのろとしか動けないわたしの抵抗など気にもかけずに、旗袍《チーパオ》を脱がせていく。

「香り……？」

「催淫剤は飲み薬だけじゃないんだぜ」

催淫剤。盗賊に飲まされたあの丸薬を思い出した。

「もしかして、このお香が……媚薬なの？」

「飲むより効果は薄いがな、その空間にいる者はみんな興奮して極楽を味わえる」

この部屋に入ってきたときにはもう焚《た》かれていたお香。充満している官能的な甘い香りを意識すると、部屋の空気の濃度が上がった気がした。

これが媚薬だったのか。じゃあ、やっぱりリーリーは最初から、わたしをこの男に差し出すつもりでいたのね。

悔しいというより悲しかった。涙が出そうになるけれど、今はそれよりも目の前の危機をなんとかしなくちゃ。

でも、やっぱり輪姦されそうになったあのときと同じように、体が動かない。

「いい眺めだ。腰は細いのに胸がでかいな」

ワンジンが全裸になったわたしを上から見おろした。

「いや……見ないで」

「おまえもじきにこの薬のとりこになる。そうしたら、俺が買い取って愛人にしてやるよ。ちょうど最近ひとり、だめになったばかりだからな」

「だめに……？」

「薬の加減を間違っちまったんだ。おまえの顔と体は気に入った。慎重に薬漬けにしてやるからな。くくっ」

力の入らない両足をぐいっと開かれ、秘所をのぞき込まれる。

「やめてっ、お願い、だめ」

「そう怖がらなくてもいいんだぜ。そうだな、きつい処女穴もいいが、今回は慣らしてやるか」

男の指がどくどくと脈打つ芯芽を押した。

「いっ……あっ、あぁっ……！」

全身を異様な快感が走った。痛いほどの刺激に背中をのけぞらせると、ワンジンの指先にもっと自分を押しつけることになる。

「ひいっ……ひゃん……んああぁっ」

わたしの愛液で濡れた指が、ぬるっと中に入ってきた。

「やめて……やめてぇ、あっ、あぁんっ」

まだだれにも貫かれたことのないそこは狭くて、無理やり押し込まれると痛いのに、太い指を絞めつけながら達してしまいそうになる。

「あ、あっ！　いや！　あん、ああああぁ！」

そのとき、部屋の扉がバタンと大きな音を立てた。空気の流れが生まれて、少しお香のにおいが薄くなる。

「アナ‼」

「え……？」

飛び込んできたのは、黒い影だった。

黒い髪、黒い服、黒くて細長いしっぽ。これは、そう、愛しい黒豹のしっぽだ。

「イーサン⁉」

イーサンは一瞬で、わたしの上にのっていたワンジンを殴り飛ばした。

厚みのあるワンジンの巨体が壁にぶつかって、ちょうど彼の頭があたった窓が割れる。ガラスの破片で切れたのか、男のこめかみから一筋の血が流れた。

ワンジンはすぐに腹筋の力で飛び起きると、壁に立てかけられていた剣を手に取る。

「てめぇ、どこのどいつだ」

「貴様こそ、何者だ」

「俺をブライ帝国一の剣闘士、ワンジンと知っての無礼か？」

狭い室内で長めの剣を下段に構える虎獣人。

「ワンジンか。最近、手広く商売をしていると聞いたが、ちょうどいい。今日を貴様の最後の日にしてやる」

イーサンも胸もとから短剣を出した。そして、短剣を軽く振ると、低い声で吐き捨てた。

「アナを傷つけた貴様は絶対に許さない。外に出ろ」

「ほう、俺と剣でやりあう気か」

「貴様が剣の腕を誇りにしているのなら、その自尊心ごと叩きのめすまでだ」

「いいだろう」

ワンジンが剣の柄《つか》でガラス窓を完全に割り、外に出る。イーサンも彼の背中を追い、即座に飛び出した。

この部屋は一階で、窓の外はちょっとした庭になっている。暗闇の中、かがり火に照らされた背の低い花々と低木、そして翡翠茶館を囲む高い石壁。

「イーサン！」

ワンジンは帝国一の剣闘士だと言っていた。わたしはイーサンが心配で、ふらつく体をのろのろと起こし素肌にシーツを巻きつける。

窓際に近づき外を見ると、ふたりは少し離れた芝地で向きあっていた。

「黒豹の、構えはなかなか筋がよさそうだ。素人じゃないな？」

にやりと自信ありげに笑ったワンジンが長剣を両手で持ち、体の前で構える。イーサンは短剣を逆手で構え、軽く体を揺らしていた。

すぐに剣戟《けんげき》が始まった。獣人はもともと人族よりも運動能力が高い。わたしの目はそのスピードについていけない。

でも、ふたりは互角に戦っているようだった。ただ剣のプロであるワンジンに対して、得物が短剣のイーサンはとても不利に思える。

「無理しないで」

祈るようにつぶやくと、イーサンがちらりとこちらを見て微笑んだ気がした。

長剣と短剣が鋭い金属音を立ててぶつかりあう。

イーサンは剣だけではなく足やひじも使っていた。ワンジンも身が軽いのだけど、それ以上の素早さでダメージを与えていく。

「なにを⁉　ぐっ、おまえ、いったい……⁉」

ワンジンがうめきながら後退する。イーサンがあっという間にワンジンの背後に回り、ひざのうしろを蹴ると大男はどうと倒れた。

さらにイーサンはワンジンの背中に乗り、首筋を短剣の柄《つか》で押さえて指笛を吹く。高い音が翡翠茶館の庭に響いた。

「イーサン……？」

信じられなかった。

わたしに剣技の心得はないけれど、伯爵令嬢だったころ、騎士たちが鍛錬している姿や御前試合で戦う様子を何度も見たことがある。その正規の騎士と比べても、ワンジンは強かったと思う。少なくとも口先だけの最強剣闘士ではなかった。

でも、それ以上にイーサンは強かった。しかも、剣の扱いに慣れているように見えた。用心棒なのだから、あたり前なのかもしれない。だけど、その身のこなしはまるで本物の剣士のようだ。

今までも彼には謎があった。その本当の姿が、さらにわからなくなる。

イーサン、あなたは――

あいまいな不安が頭をよぎったそのとき、だれかが部屋に駆け込んできた。

「アナ、大丈夫かい!?」

「ヤーイーおばあさん！」

いつもゆったりとしている栗鼠《りす》の獣人、ヤーイーおばあさんがびっくりするくらい素早い動きでそばに来ると、わたしを抱きしめてくれる。

「……頭が痛い……」

「ごめんね、アナスタージアさん。薬が強すぎたかな」

アナスタージアさん、とルイジェが呼んだ。その名はブライ帝国に来てから、だれにも名乗っていないはずなのに。イーサン以外の人はみんな、わたしをただのアナだと思っているはずだ。

それにさっきルイジェが呼びかけていた、セイランという名前。

「セイ……ラン？」

わたしが知っているセイランは、ただひとり。

レスルーラ王国の王立学園に留学していた、アルビノの獅子の獣人。金獅子朝ブライ帝国皇帝の弟、セイランだ。

「アナスタージア嬢、久しぶりだな」

声のするほうに顔を向ける。

まだ少しぼんやりした視界に映ったのは、真っ白な長髪に紅《くれない》の瞳。鳥肌が立つほど美しい男だった。

ああ、彼はやっぱりセイランその人だ。

そのあやしい美しさと孤高の雰囲気で、みんなから遠巻きにされていた、獣人国の皇子さま。彼はわたしやヴィンセントの一学年上のクラスに在籍していた。

ルイジェは、セイランとつながっていたのか。

「セイランさま……」

でも、どうしてセイランがわたしにかかわってくるんだろう。

乙女ゲームの『いせプリ』絡み？　あの乙女ゲームの中に、彼は出てきたっけ。イーサンと同じく、こんなに印象的なキャラだったら当然名無しのモブじゃないだろうし、むしろ攻略対象者のひとりでもおかしくない。

ルイジェに使われた薬のせいなのか、今世どころか前世の記憶もあいまいで、どうも思い出せない。

「ここは？」

「ふふ、なかなか意識がはっきりしないようだな、アナスタージア嬢。チェナーラ一の妓楼《ぎろう》、天紅楼は知っているかな？　私のチェナーラでの定宿だよ」

天紅楼。チェナーラに到着した日に見た、丘を覆《おお》う蛸《たこ》のような楼閣《ろうかく》かな。チェナーラ一の娼館だとイーサンが言っていたのを覚えている。

「なぜ、わたくしをここに？」

わたしが寝かされている寝台の枕もとに腰かけたセイランが、わたしのあごを長い指でつうっとなでた。背筋を悪寒が走る。

「さて、なぜだと思う？」

セイランは凄絶《せいぜつ》に美しい笑みを浮かべた。

「え……？」

ブライ帝国皇帝の弟セイランが、わざわざレスルーラ王国の伯爵令嬢を誘拐する理由。そんなもの、あるかしら。

でも、この人はわたしがアナスタージア・クラリースだと知っていて拉致《らち》した。もしかしたら、わたしが森の中に置き去りにされた、そもそもの出来事と関係しているのかもしれない。

「……今のわたくしに利用価値などないのは、ご存知ですわよね？」

あえて聞いてみる。

セイランは、わたしが王太子ヴィンセントから婚約を破棄されて、その場で国外追放を告げられたことを知っているのだろうか。

「価値があるかないかは、立場によるのではないかな？」

「立場？」

「私には今のアナスタージア嬢が必要なのだよ。将来の王母の地位をはく奪され、祖国から捨てられた哀れなそなたが、な」

やはりセイランは知っていた。

大国の皇弟だもの、当然そのくらいの情報網はあるだろう。だけど、そんな落ちぶれたわたしになんの用があるの……？

セイランは白く細い指で、わたしのあごから胸もとまでをすっとなでおろした。

「ふふ、みじめなことだな。〝レスルーラの金の薔薇〟とまで称された高貴な令嬢が、レスルーラ王国ではあれほどうとまれている獣人の国の、しかも女郎屋に身をひそめているとは。その〝娼婦令嬢〟が国の命運を握っているというのも笑い種だ」

「え、なんですって？　国の命運って、どういう意味でしょうか」

突然セイランの口から出た大げさな言葉にびっくりして、意識がクリアになった。

横たわっていた寝台から起きようとするけれど、それはセイランの指先で止められる。そっと胸を押されただけで、わたしは起きあがれなくなる。

セイランは獅子の獣人だけれど、細身で、ほかの肉食獣系の獣人たちと比べるとずいぶん華奢《きゃしゃ》に見えた。白髪赤瞳の珍しい姿で生まれた彼は、おそらく武を重んじるこの国ではひ弱な体質として扱われるだろう。それでも、人族の女よりはかなり力があるようだ。

「そのままおとなしくしておいで。そうしたら、丁重に扱おう。大切な人質だからね」

「ひ、人質？　だから、わたくしに国をかけるほどの価値はないと……」

「ああ、そなたがいないほうが、あちらには都合がいいだろう。だが、こちらにはそなたが必要なのだよ」

謎かけのようなことをつぶやいて、薄く笑うセイランはひどく不気味だった。そして彼は、なにがおかしいのか、声を立てずに笑いはじめた。

その様子にぞっとした。この人は普通の感覚では計れない。そんな気がして。

わたしはいったい、何者に囚われてしまったのか。底の知れない不安に体が強張《こわば》るけれど、セイランの人さし指に身動きを封じられ、わたしは震えることしかできなかった。

豪華な邸宅の大広間は、急な夜会とは思えないほど華やかに飾りつけられていた。

けれど、常の夜会よりも薄暗く、どこか淫靡《いんび》な雰囲気も漂っている。光量を落とした照明の下では、美しい仮面をつけた紳士淑女がダンスを踊っていた。

レスルーラ王国と同じような舞踏会だけれど、女性の衣装はやはりエスニックだ。旗袍《チーパオ》風のドレスはシルエットが細身で、切り替えのある詰襟には凝《こ》った刺繍やレースがほどこされている。

どこかで楽団が音楽を奏でているが、わたしの狭い視界からは見えない。そう、わたしの視界が狭いのは、ほかの人々と同じように顔の上半分を覆《おお》う華美な仮面をつけているせいだ。

「セイラン殿下、美しいご婦人をお連れで。一流の細工師の手による仮面でも、そのあでやかさが隠し切れておりませんな」

「ああ、これは最近買いあげた花なのだよ」

「うらやましゅうございます」

獣人の国の仮面舞踏会――

身分を隠してうごめく男女の中で、この邸宅の主人であるセイランだけはなんの仮面もかぶっていない。

それでも、人々の視線が集まるのはセイランではなく、わたしだ。突然開かれたひそかな夜会に、セイランとともに現れた謎の女の姿に会場の空気がさざめいていた。

翡翠茶館からさらわれた翌日には、もうシークレットパーティーの開催が決まっていた。

この数日、隙を見て逃げようと考えていたのだけれど、どうしても無理だった。

わたしはセイランのお気に入りの愛妾ということになっているらしい。常にセイランの手の者がそばにいて見張られている。天紅楼からセイランの屋敷に移るときも、さすが大国の皇弟の警護にわたしのような素人が利用できる穴はなかった。

イーサンは心配しているだろうか。それとも、翡翠茶館の外には出ないという約束を破ったわたしを怒っているかしら。

セイランの意図はわからないけれど、もうイーサンには会えないかもしれない。切なくて胸が痛んだ。

「おや、そなたは人族の」

セイランが発した〝人族〟という言葉に、はっと意識が現実に戻った。セイランの前に新しい客があいさつに来ている。

「セイラン殿下、この場で名乗りができぬことをお許しください」

名乗れないというのは、わかっていても正体を知らないふりをするという仮面舞踏会の趣向だからだろう。

仮面をつけた男は、たしかに人族だった。獣の耳もしっぽもない。

年齢は四十前後だろうか。老練な貫禄がある。わたしは会ったことがない人だけれど、もしかしたらレスルーラ王国の外交官かもしれない。

「こういう趣向の場だ。気にされるな」

「ありがとうございます」

「今宵《こよい》は、私の新しい花を自慢するための会なのだよ。珍しい人族の花なのだ。なかなかよいであろう」

「は……」

その男の視線を感じた。

なんとか助けてほしいが、同族だからといって味方とは限らない。わたしは礼儀としての微笑も浮かべず、ただ黙ってその男を見つめた。

せめてわたしが不本意な立場にあるとわかってほしい。

「時に、そなたの故国では王太子殿下の婚約が白紙に戻ったという噂を聞いたが」

「はい。また状況が落ち着きましたら、改めて皇帝陛下にお話しさせていただきます」

「そうか、兄上にな」

セイランの声にはかすかに棘《とげ》があった。セイランと皇帝はうまくいっていないのだろうか。

「まぁ、今宵《こよい》は楽しんでいくとよい。そなたの国には留学中世話になった。王太子殿下にもな。よろしく伝えてほしい」

「承《うけたまわ》りました。王太子殿下にセイラン殿下のお言葉をお伝えいたします」

この男がレスルーラの人間だとしたら、王太子はヴィンセント。わたしのかつての婚約者だ。

セイランはわたしを人質にして、なにをしようとしているのか。貴族令嬢としてのレッスンの賜物《たまもの》で表情には出さずにすんでいたけれど、わたしはとても緊張していた。

今は暗い未来しか思い浮かばない。でも、盗賊に襲われたときと同じように、とにかく生きのびようと決意を新たにする。

脳裏に浮かんだのは、なめらかな黒豹の毛並み、琥珀色《こはくいろ》の力強い瞳。わたしを包んでくれたあたたかい素肌。

盗賊たちから救ってくれたとき、彼はわたしがもう汚されたと思っていた。それでもわたしの子供の父親になり、生活の面倒を見てくれると明言したのだ。

今ならわかる。彼はきっと適当な気持ちで言ったんじゃない。わたしの人生を背負う覚悟で抱こうとしていた。

愛情以上の情。それを差し出せるイーサンに、懐《ふところ》の深さを感じる。

生きてさえいれば、きっと彼が支えてくれる。自然とそう信じられた。もう一度、彼に会いたかった。

そんなわたしの想いとは関係なく、舞踏会は夜が更けるにつれて盛況になっていった。

わたしはセイランと一曲踊ってから、控えの間に下がった。試しに疲れたから休みたいと告げてみると、セイランはもう興味がなくなったとでもいうように、簡単に離してくれたのだ。

彼が今夜、わたしに期待していた役割は、もう終わったということなのだろうか。

セイランはなにか大事を企《たくら》んでいて、そのためにわたしを利用しようとしているようだけど、どうも意図がわからない。もしその陰謀がレスルーラ王国に関することなら、さっきの人族の男に会わせることが目的だった？

「セイランはなにを考えているの……？」

わたしはかぶっていた仮面をはずし、細かな彫刻が美しい飴色《あめいろ》のテーブルに置いた。

「これからどうなるのかしら」

あてがわれた控えの間は、大広間とは違う棟にある立派な部屋だ。

足もとまである大きな窓から外を見ると、美しく整えられた庭園のあちこちにかがり火が焚《た》かれていて、とても幻想的だった。

部屋の中はわたしだけだけれど、もちろん扉や窓の外にはたくさんの護衛騎士がいる。逃げ出すことは不可能だ。

「イーサンに……会いたい」

ため息をついたそのとき、視界の隅を小さな影がよぎった。

「え？」

茶色い体に、縦じまのふっさりしたしっぽ。

……栗鼠《りす》？

「ええ？」

その栗鼠《りす》は素早い動きでこちらにやってくると、小さな前足でタシタシとわたしのふくらはぎを叩いた。

「な、なんで栗鼠《りす》が」

こんなになついてくるの？

いや、違う。ここは獣人の国。栗鼠《りす》は単なる栗鼠《りす》ではないかもしれない。

でも、わたしに栗鼠《りす》の知り合いなんていたかしら。

「あ。もしかしてヤーイーおばあさん!? どうしてこんなところに」

栗鼠《りす》はうんうんとうなずくと、『しーっ、黙って』というジェスチャーで口に手をあてた。

そして、部屋の奥にちょこちょこと歩いていき、こちらを振り返る。

ついてこいって言っているの?

「どこへ……?」

小声でつぶやいて、ハッと口をふさぐ。

よくわからないけど、とにかく行こう。ヤーイーおばあさんならわたしに害意はないはずだ。

栗鼠《りす》のあとをついていくと、部屋の隅の太い柱にたどりついた。栗鼠《りす》が細密な彫刻のほどこされた柱のどこかにふれると、カチャと音がして小さな扉が開く。

「えっ!?」

その奥には、子供が通れるくらいの幅の、暗い通路があった。女性のわたしで、サイズ的にかなりギリギリだ。

でも、入るしかない。ここにいてもどうにもならないし、もしかしたらヤーイーおばあさんはわたしを助けに来てくれたのかもしれない。

栗鼠《りす》のヤーイーおばあさんが先に通路に入り、わたしを見つめる。

覚悟を決めて体を入れると、ヤーイーおばあさんはわたしの足もとの隙間から背後に回り込み、どうやってか扉を閉めた。またカチャと鍵のかかる音がする。

通路は真っ暗になった。

だけど一本道だし、そもそも狭いので迷いようがない。わたしは膝をついて、ほこりくさい通路を這《は》っていく。

「キュッ」

しばらくすると、前のほうで小さな鳴き声がした。なにかの合図？

やがてうっすらと光が漏れてくる。

出口かしら。これまで真っ暗だったので、わずかな光でも明るく思える。

出口の扉の先は、狭い納戸だった。棚には掃除用具や古い雑巾が並べられていて、床には壊れた道具類が置かれている。

棚のうしろには小さめの窓があり、そこから青白い月光が差し込んでいた。

「キュキュ」

納戸の奥に立った栗鼠《りす》が『うしろを向け』とジェスチャーを送ってくる。

あ、人化して着替えるのかしら。

目を閉じてうしろを向くと、一瞬白い光がまぶたの裏にあふれる。

振り返ると、そこには白髪のヤーイーおばあさんがいた。

「よかった。やっぱりヤーイーおばあさんだったのね」

「ああ、助けに来たよ。遅くなって悪かったたね」

「……あら？」

たしかに彼女は翡翠茶館でお世話になっていた小柄な老女だ。

でも、違和感があった。

まず、服装。翡翠茶館で着ていた下働きの服ではない。背が低くて痩《や》せた体にまとうのは、まるで武人のようなきっちりした詰襟の上着に、ややゆるめのパンツ。

そして、ヤーイーおばあさんは腰に短い剣を佩《は》いていた。

「おばあさん……？」

「詳しいことはあとにしよう。いらいらしながら、あんたを待っているやつがいるからね」

「わたしを？」

もしかして、それは――

「まあ、それもあとのお楽しみだよ。じゃあ、行くよ」

「は、はい」

使用人用の通路なのだろう。人けのない狭い廊下を急ぎ足で通りすぎ、裏口と思われる質素な扉から外に出る。

「あ……！」

建物の陰には、背の高い筋肉質の男がたたずんでいた。

夜闇にとける黒い髪に、鋭く光る瞳。意外とかわいらしい丸みを帯びた三角形の耳に、ゆらゆらと動く細くて長いしっぽ。

「イーサン……」

目が離せない。吸い寄せられるように一歩前に進む。イーサンもわたしをじっと見つめたまま、足を踏み出した。

　ヤーイーおばあさんがあきれたように笑う。

「こんなところまで来ていたのかい。おとなしく待っていられないものかねぇ」

　おばあさんの言葉にはなにも反論せずに、足早に近づいてくるイーサン。あっという間に目の前に立った彼は食い入るようにわたしを見つめ、かすれた声でつぶやいた。

「アナ」

「わたし、ルイジェにだまされてしまって……ごめんなさい」

「わかってる。無事だった？」

「ええ、大丈夫」

「そうか。よかった」

　イーサンは唇の端をゆがめて少し苦笑した。

「あんたがいなくなったと連絡を受けて、一瞬俺から逃げたのかと思った」

「まぁ、ひどいわ。わたしがそんな恩知らずだと思っているの？」

「一瞬だけだ」

「一瞬でも失礼よ」

　お礼を言いたいだけなのに、なぜか口げんかみたいになってしまう。

　イーサンは急に真面目な顔をして黙り込み、低い声でささやいた。

「あんたの介抱をするつもりだったのに、俺は自分の欲望を優先した」

「そんなことない……。あなたはわたしを慰《なぐさ》めてくれただけだもの」

ルイジェに誘拐された日の前夜、わたしは剣闘士のワンジンに襲われた。ブライ帝国で著名な剣闘士だったワンジンの正体は違法な薬の密売人で、わたしは商品の媚薬を使われてしまっていた。それをイーサンがしずめてくれたのだ。

「……それだけじゃないさ」

イーサンが小さくため息をついた次の瞬間には、わたしは彼の腕の中にいた。

「必死に捜した。俺の持っている、すべての人脈を使って」

熱い腕、広い胸、少し速い鼓動。

彼はわたしの明るい金色の髪をひと房手に取り、口もとに持っていった。まるで愛する女性にするように、髪の先に口づける。胸が痛いくらいときめいた。

イーサンはわたしの顔にかかった金髪をそっとよけ、額に、まぶたに、頬に、軽くキスしていく。丁寧な優しいキス。なんだか甘やかな雰囲気で、愛されているような錯覚すら覚える。

「アナスタージア」

吐息まじりの声で名を呼ばれ、唇に彼の唇がふれる。硬い筋肉に覆《おお》われた男の体の中で、一番柔らかい部分。

ついばむように軽い音を立てて、何度も何度もキスされる。嗚咽《おえつ》する直前のような熱い感情の塊が胸に込みあげた。

わたしを捜してくれたのは、命を救った娘に対する責任感？　それとも……？　こんなキスをされたら、あなたの中にわたしへの気持ちがあると信じてしまう。

わたし、あなたを好きになってしまってもいいの？

「おやおや、お熱いこと。でも、時間がない。追っ手が来るよ」

あ、ヤーイーおばあさんがいたんだった！

慌ててイーサンから離れようとすると、ぎゅっと強く抱きしめられた。

そして、もう一度キス。

「行こうか」

「ええ……」

先に立って歩くイーサンのうしろ姿を見つめる。

イーサンはすらりとして見えるけれど、肩幅が広くて筋肉質で、戦う男の体格をしていた。いくら用心棒という体を使う仕事とはいえ、まるで正式な訓練を受けた軍人のように姿勢がよく、腰に剣を佩《は》く様《さま》が板についている。

わたしたち三人は庭木の陰を伝い、セイランの邸宅の外に向かった。

わたしのあとからは、ヤーイーおばあさんが背後を守るように追ってくる。おそらく彼女はイーサンの指示で、控えの間までわたしを迎えに来てくれたのだろう。あの秘密の通路は狭すぎて、イーサンでは入れないから。

イーサンとヤーイーおばあさんは、いったい何者なのか。なぜわたしがここにいるとわかったのか。

セイランは皇帝の弟という、金獅子朝ブライ帝国でも群を抜いた貴人。イーサンは、そのセイランのもとにわたしが拉致《らち》されているという情報をつかんで、警備の厳しい屋敷に忍び込み、わたしを助け出してくれた。

しかも、アナは人族の平民という設定だ。

貴族でもなんでもない一般人。そんななんの変哲もない娘を皇弟から奪い取るなんて、単なる娼館の用心棒にできることなのだろうか。

彼を信じたかった。でも、イーサンのこれまでの言動を考えると無理がある。

セイランから救われたという安心感と、またイーサンに会うことができたという喜びは、あっという間に不安に塗り潰される。内心に巣食っていた疑惑と恐れは、頂点に達していた。

「きゃっ」

突然イーサンが立ち止まったので、背中にぶつかってしまった。その背中の向こうに、分厚い造りの高い塀がある。行き止まりだ。

「塀を越える。抱きかかえて飛ぶから、口を閉じていて」

「はい？」

イーサンの両腕がわたしの背中とひざの下に入り、抱きあげられた。横抱き、いわゆるお姫さま抱っこだ。

「え？　急に、なに？」

「舌をかまないように気をつけてな」

その体勢のまま彼は二、三歩走り、勢いをつけると斜め上に飛びあがった。

「……!!」

ふわっと浮きあがったかと思うと、目の前にそびえていた高い塀が目の下になる。そして、イーサンは音も立てずに塀の外に飛び降りた。しっかりと地に足をつけてから、そっと下ろされる。

驚いた。わたしたちはもうセイランの館の外にいる。防犯用の塀のはずなのに、これでは役に立たないんじゃないかしら。

ヤーイーおばあさんは少し遅れて、塀にかけられた細いロープをたどり、ちょこちょこと下りてきた。

「まったく。あんたの身体能力は肉食獣種の中でも桁外れだね」

おばあさんも呆れたように肩をすくめているので、防犯用の塀が低いのではなく、イーサンがちょっとおかしいのかもしれない。

塀の外はチェナーラの歓楽街とは異なり、大きなお屋敷が並ぶ静かな貴族街になっていた。

しばらく歩いたあと、それらのお屋敷の中では小さめの、目立たない邸宅の門の中に入る。こざっぱりとしたごく普通の館だ。

「ここは?」

「さる貴族の別邸、ということになっている」

イーサンが扉を何回か叩くと、中から大きな獣人が現れた。その男はイーサンとヤーイーおばあさんに目礼してから、扉を大きく開けてくれた。

イーサンのあとについて屋敷の中に入る。

そこはそれほど広くない玄関ホールになっていて――たくさんの男が鋭い視線でこちらを見ていた。

「……え？　制服？」

ずらりと並んだ男たちは、そろいの服を着ていた。改めてイーサンを見ると、イーサンも同じ服装だ。

黒いチャイナ服風のかっちりした上着は詰襟で裾が長く、腰を帯で締めている。そこに人によってさまざまな長さの剣を佩《は》いていた。

レスルーラ王国とは雰囲気が違うけれど、いかにも軍人風だ。厳しい表情や統率の取れた様子はまるで騎士団のようだった。

……騎士団？　まさか。

イーサンは平民で農家の五男で、翡翠茶館の用心棒なのよね？

「イーサン？　これは……？」

わたしが思わずイーサンを見あげると、イーサンもわたしを見おろした。しばらく見つめあってしまう。

途端に、なぜか周囲の空気がふわっとゆるんだ。

「団長、このお嬢さんが人族のお姫さまですか」

「綺麗ですね～。団長が必死になるのもわかるっすよ」

「ヤーイーに任せておけばいいのに、〝漆黒の牙〟自ら救出に向かうなんて、団長にも春が来たんですなあ」

団長？　漆黒の牙？

イーサンはぐっと顔をしかめて、からかうようにニヤニヤしている男たちを睨みつけた。

「おまえら、やめろ。アナはまだ、なにも知らないんだ」

「そっか、そんな暇なかったか。すんません、団長」

「すんません！」

「っした‼」

親しげに〝団長〟と呼ばれ返事をするイーサン。

イーサンはいったい……？

「ほら、あんたたち、アナが困っているじゃないか」

わたしのうしろにいたヤーイーおばあさんが彼らを叱りつけると、縦も横もおばあさんの倍はありそうな男たちはしゅんと小さくなって、わたしに謝ってきた。

「お姫さま、うるさくしてすみません」

「申しわけありませんでした！」

「いえ、その。イーサン？」

そっとイーサンの袖を引く。イーサンは大きな手のひらでわたしの手を包むと彼らに言った。

「彼女に説明してくる。すぐ戻るから、おまえらは静かにしてろよ」

「了解！」

「しっかりやれよ、団長」

男たちがイーサンとわたしを妙にあたたかい目で見ているような気がして、なんだか落ち着かない。

イーサンに手を引かれ連れていかれたのは、一階の奥にある書斎のような部屋だった。

大きな机と椅子、簡単な応接セットがある。近ごろは夜もあたたかく、暖炉に火は入れられていない。

ガラス窓の外は、さっき歩いてきた静かな貴族街の通りだ。

「アナ……アナスタージア、すまない」

ソファーに向かいあって座ると、イーサンが頭を下げた。

「どういうことなの？」

彼はわたしの目をまっすぐに見た。それはもう、ふざけたりはぐらかしたりすることなど考えてもいない、真剣な瞳だった。

これから、この人にまつわる謎が明かされるのだ。

心臓がうるさいほど音を立てる。緊張で握りしめた指先が震えた。

「俺は、翡翠茶館の用心棒じゃないんだ」

固い口調で話しはじめるイーサン。

「必要があって潜入しているが、本当は違う」

イーサンの琥珀色《こはくいろ》の瞳は揺らがない。

男らしい彫りの深い顔立ち。いつも軽い笑みを浮かべている顔は、真面目にしていると造作の端整さが際立つ。

そして、彼は低い声で真実を告げた。

「俺の本名はイーサン・リュウ。金獅子朝ブライ帝国、第三騎士団の騎士団長だ」

「……騎士団長……」

イーサンが〝団長〟って呼ばれていたのは、騎士団長だからなのか。

軍人のように鍛えられた体も、すっと伸びた背筋も、人気の剣闘士ですら寄せつけない剣の腕も、騎士としての訓練を受けていたからなんだ。そして、ワンジンを捕縛したときに『騎士団へ連れていけ』と命令していたのも、彼自身がその責任者だったから。

「ここは、俺たちが待機場所として使っている隠宅《いんたく》だ」

周囲をぐるっと指し示す、剣だこのある大きな手。

騎士団長。言われてみれば、その肩書はすんなりと納得できた。

ただの用心棒であるはずがないと思ってはいたけれど、やっぱりそうだったのか。本人の口から聞かされるとショックが大きい。

「つまり、あなたはずっと嘘をついていたのね？」

なにか理由があるのだろうし、イーサンを責めるつもりはない。でも、ショックがそのまま口をついて出る。

「すまなかった。国からの密命で動いていて、話すことができなかったんだ」

「今までのことは、すべて嘘だったの？　平民だってことも、実家は農家だって話も」

イーサンがブライ帝国の騎士団長だと知って、わたしが一番気になったのは、どこからどこまでが嘘だったのかということだった。

「それは嘘じゃない。俺は数年前の戦で成りあがって、運よく騎士爵を授与されただけの元平民だからな」

「〝漆黒の牙〟って？」

「手柄を立てたときについた、くだらないふたつ名」

「あそこにいた人たちは……」

「部下だ。第三騎士団の団員ってことになるんだが、騎士団といっても平民あがりの荒くれ者を集めた部隊なんだ。礼儀を知らないやつらで悪い」

「わたしを迎えに来てくれたということは、ヤーイーおばあさんも騎士団の人なのね？」

「ああ。ヤーイーは短剣の名手だ。あんたの護衛としてそばに置いていたんだけど、結局役に立たなくて悪かった」

そして、わたしはいったん言葉を止めて、深く息を吐いた。

一番肝心なことを聞かなければならなかった。

すべての始まりもまた、仕組まれていたのか。イーサンによって――金獅子朝ブライ帝国によって。あるいは故国レスルーラ王国によって？

「イーサン。あなたはどこまで知っているの？」

わたしがレスルーラ王国の伯爵令嬢であったこと。王太子の元婚約者で、国を騒がせた罰として国外追放されたこと。

「わたしはあの森に置き去りにされて、盗賊に襲われた。あのとき男たちから助けてくれたことも、全部計画のうちだった……？」

イーサンは一瞬息を呑んで、わたしを見つめた。

「違う。あんな目に遭《あ》わせるつもりはなかったんだ」

「…………」

「あれは俺たちの失敗だった」

「失敗？」

「あんたがクラリース伯爵家の令嬢だということは、密命を受けたときに聞いていた。そのうえで、レスルーラ王国を出たあたりから、ひそかに護衛するはずだった」

護衛？　どういうことなのだろう。

わたしを捕らえ、ブライ帝国とレスルーラ王国のなにかの取引に使う予定だったとか、わたしを救ったように見せかけて恩を売り、王国の情報を引き出そうとしていたとか言われたほうがまだ真実味がある。

「あの日、俺たちは決められた地点でレスルーラ側の護衛と合流し、任務を引き継ぐ予定だった。ところが、あんたを乗せた馬車は事前の打ち合わせと違う道を進んでいた」

「王国からも護衛が……？」

「ああ、陰から守っていたはずだが、森に入る前に撒《ま》かれたらしい。急いで馬車を捜していたら、あの小屋で襲われているあんたを見つけたんだ」

「…………」

「怖い思いをさせて、本当にすまなかった」

イーサンが近づいてきて、わたしの肩にそっとふれた。

「無事で……いや、無事ではなかったが、最悪の事態にならなくてよかった」

そのまま抱きしめようとしたイーサンを思わずはねのける。

「いやっ」

イーサンが手を差し伸べたまま凍りつく。

「誘拐された日に、ルイジェから聞いたの。あなたが人族の男と会っていたと」

「ああ」

「それもレスルーラ王国の人だったの？」

ルイジェが言っていた。イーサンがひそかに会っていた身分の高そうな人族の男。それもその任務の関係者だったのだろうか。

イーサンにはまだ隠し事があるのかもしれない。それが怖かった。

「情報提供者だ。それについては詳しい説明ができないんだ」

そのまま黙り込む。

ふたりの間に落ちた沈黙に耐えられなくて、イーサンから目をそらしたときに部屋の外から大きな声がした。

「――団長！　リュウ団長‼」

声のあとから大きなノックの音がする。

「どうした」

「火事です！　貴族街のあちこちから火の手が上がっています」

「火事？」

驚いて窓のそばに走り寄ると、たしかに提灯《ちょうちん》やかがり火ではない勢いのある炎が二、三本離れた通りから上がっている。

「こちらにも火が迫っています！」

騎士団員の声にはっとして近くに目を移すと、石畳の通りを挟んだ向かいの屋敷も燃えはじめていた。

オレンジ色の炎が踊る。まるで巨大な蛇がこちらへチロチロと舌を伸ばしているようだ。

炎がわたしを目がけて襲いかかってきた気がして、わたしは一歩あとずさった。

「付け火だ！」

猥雑《わいざつ》な魔都チェナーラにおいて上品な街並みを誇っていた貴族街は、今や混乱の極みにあった。

「早く逃げろ！　ここはもうだめだ」

そこここから人々の叫び声が聞こえる。パチパチと乾いた木が燃える音に、建物が崩れるような大きな音。外の通りには焦げくさいにおいが漂う。

「奥さま、こちらへ！」

「あなた！　あなた、どこにいらっしゃるの⁉」

男たちが井戸から水を汲み、小火《ぼや》にかけて消化したかと思うと、また新たな炎が木造の塀の側面を這《は》いあがる。

騎士団の人たちと一緒に隠れ家から出たわたしは、その場で立ち尽くしていた。

「熱い……」

炎がどんどん大きくなっていく。わたしたちがセイランの屋敷から脱出してきたときよりもあきらかに気温が高い。熱気が頬を焼いた。

広い石畳の道に、貴族や使用人などの老若男女があふれはじめる。行くあてもなくうろたえる人々に阻まれて、火事から逃げようとする立派な馬車が何台も立ち往生する。

そんな状況の中、焼け出された人々を救出するために、イーサンが陣頭指揮を取りはじめた。わたしのまわりを護衛するように固まっていた騎士たちも、右往左往している人を安全な場所に誘導しようと動く。

「馬車を降りて、徒歩で移動してください！」

「中央広場へ移動を！　そこからまた安全な地域へ誘導します！」

大混乱の中、それでもずっとだれかがわたしのそばにいてくれたのだけれど、一瞬周囲から人がいなくなる。その空白に忍び込むように、落ち着いた女の声がした。

「アナスタージアさま」

振り返ると、騎士団の人たちのようなきちんとした服を着た細身の女性がいた。

「こちらへ。先に避難するようにと団長からの伝言です」

イーサンを改めて目で探すけれど、離れたところで慌ただしくしていて声がかけられない。今、あの状態のイーサンのところに行っても迷惑でしかないだろう。

わたしはその女性にうなずいた。

「わかりました。参ります」

「わたしについてきてください。大丈夫ですか？　暗いところもございますので、足もとにお気をつけて」

「ええ」

女騎士がわたしに手を差し出してきた。先導してくれるようだ。

「ありがとう」

「どういたしまして」

彼女の黄色い目の中の黒い瞳孔が、きゅっと縦に細く伸びた。

獣耳はない。爬虫類系の獣人かもしれない。蛇の一種のようなイメージだ。

褐色《かっしょく》の肌の女騎士は、まだ火が来ていない暗い路地に入っていく。わたしも足早に彼女のあとに続いた。

わたしを安心させようとしてくれているのか、彼女はうっすら笑みを浮かべると、しっとりとしたアルトボイスでつぶやいた。

「破滅の予感が心地よいですね」

でも、声が喧騒《けんそう》にまぎれて聞き取りづらい。

「今、なんて？」

「なんでもありません、アナスタージアさま。ふふ、この炎を見てください」

「はい？」

「わたしは今回、生まれて初めて自分の意思で動いたのですよ」

「え……？」

「上から受けた命令ではなく、国のためでも皇帝のためでも、蝮《まむし》の一族のためでもない。自らの意志で、自らの望むもののために動いたのです。思ったよりずっと爽快ですね」

蛇の獣人と思われる女騎士が、ほとんど吐息のような声でささやく。

「なんのことでしょう」

会話が成り立っていないような気がして、少し不気味だった。彼女の視線は、ここではない遠くを見ているようだ。

「セイ……さま、お望みのものをお届けしますので、少々お待ちを……。さあ、最期の願いを叶えましょうね……」

彼女の独り言は、獣人ほどの聴力はないわたしには、ほとんど聞き取れなかった。

「だれか！」

そのとき、燃えあがる炎の中から貴族らしき男が走り出てきた。

「おい、騎士団、こっちを助けろ！　中にまだ人がいるんだ！」

その派手な身なりの男は大声で叫んだ。遠くで避難の指示をしている騎士たちに、屋敷の中に残された者の救助を要請する。

「こっちが先よ！　旦那さまが……!!」

焼け出された人々が、わたしたちが進む路地裏にもあふれはじめていた。

「アナスタージアさま、安全な避難場所はこちらです」

女騎士に手を引かれる。

「あ、ありがとう」

混乱を避けて迷路のように入り組んだ道をしばらく歩き、たどりついたのは石壁に囲まれた豪華なお屋敷だった。

豪邸が並ぶ貴族街の中でもひときわ広い敷地を誇る、立派な宮殿のような建物。

「ここは……」

見覚えがあった。高い塀の向こうに見える、白い邸宅。イーサンとヤーイーおばあさんに助けられるまで囚われていた、セイランの屋敷ではないだろうか。

「避難所ではないわよね？」

「あなたさまがいるべき場所ですよ」

蛇獣人の女の冷たい笑みにぞっとする。

「蝶をおびき出すための、美しい金の薔薇」

「は？」

「薔薇は、薔薇を必要としている方の手に」

彼女は恭《うやうや》しく胸に手をあて、ここにいないだれかに向かって一礼する。

「あなたは……イーサンの部下ではなくて、セイランさまの配下だったのね？」

セイランもおかしかったけれど、この人も変だ。ゆがんだ想いのために常識外れのことまでしてしまいそうな危うさを感じる。

もしかして、と思った。

「わたくしを騎士団から引き離して、セイランさまのもとへ連れてくるために……？」

「ええ、わたしが街に火をつけました」

「なんてことを！」

女騎士はにっこりと笑って口に手をあて、指笛を吹いた。

石壁の一角にあった扉が開き、何人かの兵士が現れる。体格のいい彼らは女騎士の合図でわたしを取り囲んだ。

「なにをするの!?　わたくしにさわらないで！」

わたしの拒絶などおかまいなしに、兵士がわたしにさるぐつわをして両腕を縛りあげる。

ガサガサした荒縄が肌に食い込んで痛い。口に布をかまされているせいで、うめき声しか出せなくなった。

「ん……うぅ……」

せっかくイーサンが助けてくれたのに、また捕まってしまった。危急《ききゅう》の状況だったからといってうかつな行動だった。

イーサンやヤーイーおばあさんへの申しわけなさと、放火をしてまでわたしを捕えようとした、セイランの得体の知れない執着への恐怖が湧きあがる。

でも、後悔しても、もう遅かった。わたしは女のうしろを歩かされ、屋敷の中でもひときわ大きな接見室の扉の前に立たされた。

重い音を立てて扉が開き、中に押し込まれる。その広間の最奥の壇上には、優雅に足を組んで椅子に座る〝純白の皇子〟がいた。

「アナスタージア嬢、数時間ぶりだな？」

皮肉っぽい笑みを浮かべて、わたしを見おろすセイラン。

「愉快な余興に感謝しよう。まさか〝影〟が付け火までするとは思わなかったが、それもまた一興よ」

「…………」

「さて、先ほど、そなたをさらった黒豹の騎士が早速ここに押しかけてきたとの知らせがあった。そちらはどう料理しようか」

イーサンが？　わたしがいなくなったことに、もう気づいてくれたの？

「ちょうど退屈していたところだ。少し相手をしてやろうかの」

セイランがそばに仕える侍従に命じると、ふたたび接見室の扉が大きく開いた。

「ぅう……！」

うめくことしかできないわたしを見て、接見室に入ってきたその人が叫んだ。

「アナ！」

――イーサン！

イーサンの腰には剣がなかった。しかも騎士服はぼろぼろで、唇に血がにじんでいる。そんな彼のことを屈強な騎士たちが取り囲んでいた。

「う……」

どうしよう。わたし、イーサンを大変な危険にさらしてしまった。

イーサンはこちらに駆け寄ってこようとするが、ぴたっと止まる。わたしのそばにいたセイランの部下が、わたしの喉に剣を突きつけたのだ。

「やめろ。彼女に危害を加えるな」

「イーサン・リュウ、皇弟にひざまずかぬのか、不敬ぞ」

セイランがからかうように語りかける。イーサンを囲む騎士たちは、セイランの言葉に呼応するように彼に剣を向けた。

イーサンは血痰《けったん》を床に吐き捨てた。

「反逆者がなにを言う。貴様が皇帝陛下に叛心《はんしん》を抱き、レスルーラ王国の不穏分子と秘密裡に連絡を取っていることはわかっている」

……え？　イーサンは今、なにを言ったの？

セイランが皇帝に叛心《はんしん》？　レスルーラ王国もそれにかかわっている？

「ほう、そなたがしばらくかぎまわっていたことはそれか」

「チェナーラに潜伏して集めた情報は、すでに皇帝陛下に渡されている。これ以上あがいても無駄だ」

セイランは壇上の椅子から立ちあがり、あやしく微笑んだ。

「そうか。だが、私にとってそれはどうでもよいことだ。兄上に討たれてもよいし、このまま火に巻かれチェナーラとともに灰になるのも悪くはない。せっかくなら、そなたらも道連れにしてやろう」

セイランが腕を上げると、龍の姿が刺繍された見事な衣装の裾がふわっと宙に広がる。

その合図で、イーサンの周囲の騎士たちが剣を構えた。

彼らはセイランのクーデターのことを聞いても動揺していない。セイランに忠誠を誓っている一派なのだろう。

イーサンは騎士たちを気にもせず、セイランだけを見ている。

「アナスタージア嬢を解放しろ。彼女は無関係だ」

「もちろん、わかっている。無粋なことを言うものではない。金の薔薇は蝶を呼び寄せるために存在しているのだよ」

「蝶……？」

「ふふふ、まぁいずれにせよ、私の世界に黒豹は必要ないな。私の騎士たちよ、黒豹を捕らえよ。殺してもかまわぬ」

セイランが軽く手を振ると、四、五人の獣人騎士がイーサンに斬りかかっていく。イーサンは倒れ込むように身を屈めた。

「んん！」

イーサン、危ない!!

わたしが思うのより早く、イーサンは手を床について低い位置で側転するように足を回し、まわりの男をなぎ払った。そのまま、バランスを崩した騎士の剣を奪い周囲を威圧する。

そして、わたしのところに駆け寄ってきて口にかまされていた布を取り、腕を縛っていた縄を切った。

「イーサン！」

「もう大丈夫だ」

片手に剣を持ち、もう片方の腕でわたしの肩を抱く。

イーサンの腕の中で、わたしはようやく息ができた気がした。まだ周囲は敵ばかりなのに、彼のたくましい腕に抱かれているととても安心感がある。

もとからわたしの正体を知っていて警護していたのだと騎士団の隠れ家でイーサンから説明を受けたとき、わたしはまただまされたのかと思った。大好きになった人に裏切られたのは、前世から数えて三回目だから。

わたしはイーサンを信じ切れずに、彼の手を払いのけた。それなのに、イーサンはまだ守ってくれるんだ。敵地にひとりで乗り込んできて、命がけでわたしを……

今度こそ、この人を信じていいのだろうか？

イーサンを見あげると、彼は接見室の大扉をじっと見ていた。

「…………？」

扉の外がざわついている気がする。聴力のいい獣人は、もっとはっきりその気配がわかるのだろう。

ギィッと音を立てて、重い扉が開いた。廊下からひんやりした空気と、大火に惑う街のざわめきが流れてくる。

その扉の先にあるものを出迎えるかのように一歩前に出たセイランが、とろりととろけるような微笑みを浮かべる。

廊下にも灯火はあるけれど、それほど明るくはない。その暗がりの中から、一歩踏み出したシルエット。

それは、まだ砂ぼこりも落としていない簡素な旅装姿の女性だった。

「あなたは……！」

ミルクティー色の髪に柔らかい榛色《はしばみいろ》の瞳。若い男性ならだれもが見とれるようなかわいらしい顔に、凛《りん》とした決意の表情を浮かべている。

彼女は元平民の伯爵令嬢で、レスルーラ王国王太子の現在の婚約者。悪役令嬢だったわたしを追い落とした恋敵。

乙女ゲームの〝ヒロイン〟、ジュリエット・ウィバリーだった。

「よく来たね、汚れなき春の乙女。私の愛らしい蝶よ」

セイランのよく通る声に、周囲の目線がジュリエットからセイランに移る。れっきとした男性だけれど、セイランには人の目をとらえて離さない妖艶な魅力があった。

ところが、突然現れたジュリエットは、そんなセイランを無視して勢いよくこちらを振り向いた。

「アナスタージアさま、ご無事ですか⁉」

え⁉　わたし……？

ジュリエットのふだんは愛らしい榛色《はしばみいろ》の瞳が、キリッと強く輝いている。

「え、ええ。わたくしは大丈夫です」

「よかった……」

「ありがとうございます。けれど、なぜあなたがここに？」

「ずっと捜していたんです、アナスタージアさま〜！」

すすーっとジュリエットが近寄ってくる。イーサンがわたしをかばうように前に立つが、天衣《てんい》無縫《むほう》なジュリエットの様子に毒気を抜かれているようだ。

「アナスタージアさまぁ」

「は、はい？」

ジュリエットはイーサンの向こう側からわたしをのぞき込んで、目を潤ませていた。

「アナスタージアさまが修道院へ行かれる途中で行方不明になったと知って、心配してたんです。そんなとき、アナスタージアさまがブライ帝国にいるという情報が入ったと、ヴィンセントさまにお聞きして。しかも、続報ではチェナーラにいるらしいと！」

「ヴィンセントさまはご存知だったの……？」

「はい。チェナーラといえば、有名な魔都だというじゃありませんか！　アナスタージアさまがあやしげな店に売られてしまったらどうしようと思ったら居ても立ってもいられなくて、わたし、来てしまいました！」

もしかして〝ヒロイン〟はちょっと空気が読めない子なのかな？　接見室にいる人々が呆然と見守る中、ジュリエットは夢中になって話しつづける。

「あ、もちろん護衛たちも一緒ですよ。貴族令嬢はひとりで出歩くべからずと、アナスタージアさまに注意されたことは忘れていません！」

「は、はぁ」

「そして今日、チェナーラに到着するやいなや、レスルーラの大使から知らせがあったんです。アナスタージアさまがセイラン殿下の夜会にいらしていたと。それでここに駆けつけて……本当にご無事でよかった!!」

「………？」

わけがわかったような、わからないような？

戸惑うわたしに駆け寄って抱きつこうとしたジュリエットを、ぎりぎりでイーサンが止める。学園時代もそうだったけれど、なんだか調子が狂う女の子だ。

そのとき、セイランが動いた。純白の皇子が一歩前に出ると、それを追うように龍の柄の上衣がひるがえる。

イーサンとセイランの手下の騎士たちの動きが緊張をはらんだ。

「ジュリエット、せっかく私が夜会で人族の花の情報を流してあげたのだから、少しは私の相手もしておくれ」

「セイランさま、やっぱりあなたがアナスタージアさまを誘拐したんですね!?」

「まぁ、下賤の賊の横やりが入りはしたが、最初に策を弄《ろう》したのは私だね。ジュリエット、彼女の解放には、簡単な条件がある。あなたが私のものになってくれるのなら、アナスタージア嬢を解放してあげよう」

「ええ!?」

「ふふ。心優しいジュリエットがかつての恋敵のために、我が身を投げ出して私のもとにやってくるのかどうか知りたかったのだよ」

「はあ!?　恋敵ぃ!?」

ジュリエットが、ぽかーんと大口を開けて叫んだ。

また伯爵令嬢らしくない姿をさらして、この子は！

——と、違う、今はそんなこと考えている場合じゃない。わたしの頭、現実逃避してないで情報を整理して。

つまり？　わたしが修道院へ行く途中で森に置き去りにされたのは、そもそもセイランの画策で。それは、ジュリエットをおびき出すための罠だったということ？

ところが、わたしはセイランの手の者がたどりつく前に、盗賊たちにさらわれてしまった。セイランはわたしが翡翠茶館に隠れていることを突き止めると、手先のルイジェを使ってわたしを改めて拉致《らち》した。

けれど、今夜ふたたびわたしはイーサンたちに救出された。騎士団に保護された人間を取り戻すには、思い切った手段を取らなければ難しい。

そこでセイランの腹心の部下が、チェナーラの貴族街に火を放った。大罪とされる火付けまでして命令を実行するなんて、きっとセイランに心酔しているのだろう。

しかもセイランの真の目的は、レスルーラ王国の新たな王太子妃候補をおびき出すこと。皇帝が真相を知れば、実弟であってもさすがにかばいきれない罪だ。

そこまでして、セイランはジュリエットを自分のものにしたかった……？

セイランはレスルーラ王国の学園に留学していたとき、わたしより一学年上だったけど、わたしと同い年のジュリエットも同時期に在学していたから、たしかにふたりが知り合いで関係を深めていた可能性はある。

セイランの告げた条件、そして彼女をこの国に呼び寄せた執着心。もしかして、セイランはジュリエットが好きだった、とか？

思い出して、わたし。

乙女ゲームにセイランはいた？　ヒロインと恋に落ちるルートがあった？

わたしが必死に考えている間にも、セイランとジュリエットの会話は続いていた。

「そなたは恋敵のアナスタージアに勝利し、王太子ヴィンセントの新たな婚約者となったのであろう？」

ジュリエットの前に立ったセイランが紅《あか》い瞳を細めて言う。ジュリエットはセイランを見あげ、「ああ」とうなずいてポンと手を打った。

「そういうことになってますね。でも、本当は違います。それに、なんでわたしがセイランさまのものにならなければならないんです？」

本気でわけがわからないといった表情のジュリエット。

その場がしんと静まり返った。

「……え？」

「は？」

なんとも言えない静寂の中に、わたしとセイランの間の抜けた声が響く。

セイランとジュリエットは微妙にすれ違っている。

ただそれはさておき、ヴィンセントはたしかにわたしとの婚約を解消し、新たにジュリエットと婚約したわよね？

「ジュリエットさま、わたくしもあなたがヴィンセントさまと婚約したとばかり思っておりました。

いったいどういうことなのです？」

わたしは学園の卒業パーティーの場で、ヴィンセントに婚約破棄された。

そして、わたしがジュリエットをいじめていたこと、ジュリエットの生家であるウィバリー伯爵家を陥《おとしい》れようとしたことを断罪され、修道院に送られるという罰を言い渡されたのだ。そのとき、ヴィンセントの横にはジュリエットが立っていた。

でも、そういえば、ジュリエットと婚約するとは言っていなかったかもしれない。

ジュリエットはそれまでの貴族らしくない砕けた表情を改めて、真剣な顔でわたしに相対すると深く頭を下げた。

「申しわけございませんでした。アナスタージアさまの告発のとおり、わたしの父は不正をして公金を横領していました」

「ええ？　ウィバリー伯爵が？」

「はい。そして、それが発覚しそうになって焦った父はブライ帝国の一部と手を組んで、王国に内乱を起こそうとしたのです」

イーサンがさっき言っていた〝レスルーラ王国の不穏分子〟というのは、ジュリエットの父親のウィバリー伯爵のことだったの？

「父は自分の罪を暴こうとしたアナスタージアさまを逆恨みし、お命を狙っていました」

「……え？」

「わたしはすべてをヴィンセントさまに打ち明けました。そして、王家とアナスタージアさまのお父さまが相談して、アナスタージアさまを危険から遠ざけるために、ブライ帝国皇帝陛下の協力の下、国外追放という形を取ることになったのです」

わたしは婚約者に裏切られ、父に見捨てられたと思っていた。

けれど、それはウィバリー伯爵をあざむいて、わたしを守るためだったということなのだろうか。

「今、帝国からの情報を得てレスルーラ王国では粛清《しゅくせい》が進んでいます。いずれ父は処刑され、ウィバリー伯爵家もお取り潰しになるでしょう」

レスルーラ王国とブライ帝国の緩衝《かんしょう》地帯にある修道院へ送って。

「ジュリエットさま……」

「わたしはいいんです。父は母を手ごめにした身勝手な男です。それに連座は勘弁してもらえそうだから、平民に戻って気楽にやっていきます」

にこりとかわいらしい笑みを浮かべるジュリエット。でも、そうしたらヴィンセントはどうするのか。

「王太子殿下との婚約は？」

「そもそも、犯罪者の娘が王太子妃になんてなれませんよ～」

「でも」

「あえて誤解されるようにしてはいたけれど、わたしとヴィンセントさまはそういう関係じゃないし。婚約者っぽく見せていたのは、父を油断させるための作戦にすぎませんから」

ヴィンセントの気持ちはジュリエットにはなかった。ジュリエットもヴィンセントが好きなわけではなかった。

「だから、もしアナスタージアさまが望むなら、冤罪《えんざい》を晴らしたうえで王太子妃になることもできると思います。少なくともヴィンセントさまはお待ちですよ？」

ヴィンセントがわたしのことを……？

わたしは思わず、かたわらに立つイーサンを見あげた。イーサンは硬い表情のままセイランとジュリエットを見ていて、その内心はうかがえない。

「………ッ」

そのとき、だれかが息を呑む音がした。

視線をジュリエットに戻すと、その背後にいたセイランが優しく微笑んだまま、細身の剣を振りかざしていた。

「ジュリエットさま……!!」

「え？」

セイランの剣がなめらかに宙を切り、ジュリエットを傷つけようとしている。そのシーンがスローモーションのように見えた。

セイランの動きはなんのためらいもなく、とても自然だった。そのせいか、イーサンの反応も一瞬遅れている。

――このままじゃジュリエットが殺される！

わたしはとっさにセイランの剣の下に飛び込んで、ジュリエットを突き飛ばした。セイランの振りおろした剣がスローモーションのまま、わたしの肩に近づいてくる。

無音の世界。

日本で生きていたときに観た映画の中の特殊効果みたいに、現実味のない危機がゆっくりと、ゆっくりとわたしに迫っていた。

そのセイランの姿を見ながら思い出したのは、前世で乙女ゲーム『異世界プリンスと恋の予感』に夢中になっていたころのこと。

前世のわたし、小山佳奈は二十六歳のとき、結婚を約束していた恋人に裏切られた。同じ職場の同僚だった彼が、後輩の女の子に手を出して妊娠させたのだ。

当然、結婚式はキャンセル。わたしは会社をやめて、別の会社の派遣社員になった。それでもどこかから醜聞は漏れて、わたしはおもしろおかしい噂の種になったのだった。

つらい日々だった。

悪いのは彼のはずなのに、彼をつなぎとめておけなかったわたしにも非がある気がして、後悔して苦しんで自分を責めて……

そんなある日、たまたま見た広告に惹かれて『異世界プリンスと恋の予感』を始めた。ヒロインがかわいいし、ヒーローたちもかっこいい。乙女ゲームの中の見せ場を表現する一枚絵——スチルも綺麗ですごくエロい。わたしは夢のような世界の虜《とりこ》になった。

「そうだ、隠しキャラ……」

その乙女ゲームには、ある条件がそろわないと攻略できない〝隠しキャラ〟と呼ばれるキャラクターがいた。

最初は攻略対象としてではなく、サブキャラとして登場する。普通にゲームを進めても攻略することはできない。けれど、特定の選択肢をたどると、そのキャラクターとの恋愛イベントが発生するのだ。

そして、それが金獅子朝ブライ帝国皇帝の実の弟、アルビノの獅子の獣人であるセイラン皇子だった。

セイランの攻略ルートの出現条件は、たしか……

ヒロインが王太子ルートをクリアし、悪役令嬢を国外追放すること。そのあと、エンディングのあとにおまけで出てくる選択肢——行方不明になった悪役令嬢を捜すルートを選ぶこと。

物語の中で、さらりと言及される悪役令嬢のその後。悪役令嬢は追放される途中盗賊に襲われ、獣人の国の娼館に売られて媚薬漬けにされてしまう。

その境遇を哀れに思ったヒロインが悪役令嬢を捜しに行くと、かつて学園に留学していた皇弟セイランと再会するのだ。

もともと体の強くないセイランは武を重んじる獣人の国では軽視され、優秀な兄と比べられつづけて心根がゆがんだ闇堕ちキャラだ。

『再会できたのは運命だ。ジュリエットの命を奪ってでも、永遠に自分だけのものにしたい』

セイランはヒロインを剣で貫く。

瞬《また》く間に血を失い死にゆくジュリエットが最後に告白する。実は、獣人の国に帰ってしまったあなたが忘れられなかったと。本当は心の奥底で惹かれていたと。

その言葉を聞いたセイランは、自らも命を絶つ。

『どうせ私のものにならないのなら、ともに逝《い》こう、ジュリエット』

「どうせ私のものにならないのなら、ともに逝《い》こう、ジュリエット」

目の前にいる現実のセイランも小さくつぶやいた。

乙女ゲームの隠しキャラのセリフと、今、そこで剣を振りかざすセイランのつぶやきが重なる。

そうだ。やっと思い出した。

隠しキャラルートは、そんなメリーバッドエンドだった。

でも……。わたしもみんなも、ゲームのキャラなんかじゃない。この世界に転生して十八年生きてきたわたしにとって、ここはゲームの中じゃない。

「シナリオなんて知らない……」

ゲームには、たしかにイーサンは出てこなかった。

ウィバリー伯爵は政変など起こさなかったし、ジュリエットとヴィンセントの婚約も偽装じゃなかったはずだ。

「バッドエンドなんかに負けてやらない！」

わたしはジュリエットの前に立ちふさがって、一歩も引かなかった。

今度こそ負けたくない。

今回の人生は、自分を信じて、自分が納得できるように生きよう。それが最期の選択だとしても。

ぎゅっと目をつぶって、その瞬間を待つ。

その刹那《せつな》、重い金属音がした。ガンッと車がぶつかるような音。

「…………っ！」

目を開けると、そこにはイーサンの背中があった。セイランの剣とイーサンの剣が目の前で交差している。

セイランの剣がわたしに届く寸前で、イーサンが止めてくれたんだ。

イーサンは瞬時に相手の剣を弾き飛ばし、セイランの喉もとに剣を突きつけた。

駆け寄ってこようとしていた敵方の騎士たちの動きが止まる。

「アナスタージアさま……！」

床にうずくまっていたジュリエットの悲鳴が、広い接見室に響いた。

えぐえぐと嗚咽《おえつ》するジュリエットが鼻をすする音がした。

簡単に感情を表に出してしまうところといい、大口を開けて叫んだり、てらいなく鼻をすするところといい、この子は本当に貴族令嬢に向いていない。

「ジュリエットさま、わたくしに怪我はありませんから、もう泣かないでくださいませ」

それでも、前世の記憶がよみがえったことで一般人の感覚も持ちあわせるようになったわたしにとって、ジュリエットは悪い人じゃない。

「うう、おごらないでぐだざい～」

「怒ってはいません。むしろ、感謝しているのですよ。恨んでいてもおかしくないわたくしを捜して、ここまで来てくださるなんて」

漫画なら『わーん』と大きな手描きの文字がつきそうな勢いで、またジュリエットが泣きはじめる。

わたしたちはセイランの屋敷の一室に移動していた。

すぐそばにはヤーイーおばあさんとジュリエットの護衛たちが控え、部屋の外は第三騎士団の騎士によって厳重に警護されていた。

セイランとセイランに忠誠を誓う臣下は、あとから来た騎士団の面々によって捕らえられた。そのまま皇帝のいる帝都へと連行されるらしい。

イーサンは事後処理に追われ、ここにはいない。ヤーイーおばあさんと第三騎士団の部下にわたしから目を離さないようにしつこいほど命じてから、慌ただしくどこかに去っていった。

「う、恨むなんて、どうしてそんなふうに思ったんですか!?」

ジュリエットが泣きながら、ソファーの隣に座るわたしの手を取った。

「だって、わたくし、うるさいくらいあなたに注意をしていましたし、ウィバリー伯爵の悪い噂も流して……」

「アナスタージアさまはわたしに伯爵令嬢としての振る舞いを教えてくれました！　平民の感覚のままふらふらとひとり歩きをしたり、男子学生とも仲よくしていたわたしが注意されるのは当然です。それに、父についてのアナスタージアさまの告発も真実だったもの」

「けれど、婚約破棄されたとき、王太子殿下にとがめられたのはそのことでした。父もわたしの断罪に同意したと」

「ヴィンセントさまもアナスタージアさまのお父さまも、アナスタージアさまを守るため、やむなくしたことなんです。許してあげてください」

あの卒業パーティーでの婚約破棄の裏側には、王家とお父さまの目論見《もくろみ》があったそうだ。

レスルーラ王国の王家は金獅子朝ブライ帝国の皇帝と密約を交わし、双方の国の造反者をあぶり出そうとしていた。そして、いつの間にかその勢力に狙われていたわたしを保護するために修道院へ送り出した。

ところが、それを知ったセイランがわたしの護送部隊を買収。わたしを拉致《らち》しようとしたが、その寸前に、わたしはセイランの手下とは関係のない野盗にさらわれてしまった……

わたしはふうっとため息をついた。

「事情はわかりました」

「じゃあ、レスルーラ王国に戻ってきてくれますか!?」

「それは……」

実はわたしを気にかけてくれていた、元婚約者の王太子ヴィンセント。わたしのためにあえて突き放すような行為をした家族。

本当は、わたしは嫌われていなかった。裏切られてはいなかった。

あたたかい思いが胸の奥からこみあげる。けれど……

わたしが返事をためらっていると、ヤーイーおばあさんがわたしに話しかけた。

「アナスタージアさま。いや、今はアナと呼んでもいいかね？」

「今までどおり、アナと」

「ありがとうね。アナ、あんたはいろんな思惑《おもわく》に振りまわされてきた。これからもたぶんそうなるよ。それは、悪意とは限らない。親の愛情かもしれない。まわりの人の善意かもしれない。他人の思惑《おもわく》なんて、そういうものさ」

「……はい」

「あんたはどうしたい？　大事なことは、あんたがどういう毎日を生きたいかじゃないかい？」

「わたしは……」

脳裏を黒い大きな獣の影がよぎった。いつも軽い態度でからかってくるのに、本当は優しくてあたたかい獣。

国が違う。身分も違う。それぞれの立場もある。

この想いは許されるのだろうか？

第四章　悪役令嬢のハッピーエンド

わたしがイーサンよりもひと足先に連れてこられたのは、火事の被害をまぬがれた騎士団の隠れ家だった。イーサンは騎士団長として片づけなければならない用件があって、まだ時間がかかるらしい。

ジュリエットと護衛の一行は、レスルーラ王国の外交官の屋敷に宿泊することになった。

わたしも当然そちらに誘われたのだけれど、まだ王国内のゴタゴタが落ち着いておらず、身の危険が完全に去ったわけではない。今日のところは、引き続き第三騎士団に護衛してもらうことになった。

チェナーラの貴族街を襲った火事も、夜が更けて雨が降り出すとようやく鎮火した。今は深夜の雨が、煙くさい街を静かに濡らしている。

「お姫さま、狭苦しいところですみません。団長ももうすぐ帰ってきますので、ちょっと待っててくださいね」

猫なで声でわたしに話しかける、いかつい獣人の騎士。その場にいるほかの騎士たちも、大きな体をできるだけ小さく見せようとしているのか、肩を丸めている。

わたしが子供みたいに怯えるとでも思っているのかしら。

「あっ、でも、姫さまはもう疲れてるんじゃねぇか⁉　先に寝てもらったほうが」

「おまえ、団長が帰ってきてお姫さまがいなかったら、すげー機嫌悪くなるぞ！」

「ああ、そっか、それはまずいな。だけどさぁ」

パンッと大きな音を立てて手を打ったのは、ヤーイーおばあさん。

「あんたたち！　でかい男どもが密集して騒いでたら、そりゃ狭苦しいし疲れるだろ」

「へ、へい」

「わかったら、あんたたちは外に出て警護！　あやしいやつらを一歩もこの屋敷に入れるんじゃないよ！」

部屋の中をウロウロしていた第三騎士団の騎士がいっせいに敬礼した。

「了解です！　副団長‼」

ん？　副団長？　ヤーイーおばあさんが⁉

縦も横も、なんなら厚みも、ヤーイーおばあさんの倍以上ある男たちが、諾々《だくだく》と扉の外に出ていく。

おばあさんは副団長だったのか。びっくりしたけど、なんだか納得した。翡翠茶館にいたときは穏やかでのんびりしていたのに、今はすごくやり手に見える。

「アナ、悪いけど、もう少し待てるかい？　団長が本当に心配していたからね。でも、もし無理そうなら遠慮せず休んでいいんだよ」

「いいえ、まだ待てます。わたしも、イーサンの顔が見たいわ」

「おやおや」

ヤーイーおばあさんはちょっと目を見開いたけれど、それ以上からかわずにおいしいお茶を淹《い》れてくれた。ジャスミン茶みたいないい香りだ。

「あんまりあの子を怒らないでやっておくれ」

ヤーイーおばあさんがふっと息を吐いて、わたしに言った。

「あの子？」

「イーサンさ。あんたに事情を話せないのは、どうしようもないことだったんだ」

「……はい」

わたしに打ち明けられなかったイーサンの事情を、ヤーイーおばあさんが改めて教えてくれた。

もともと平民出身の団員が多い第三騎士団はチェナーラの娼館や賭場にまぎれ込み、謀反を企《くわだ》てるセイラン一派の動きを見張っていたらしい。

イーサンも用心棒のふりをして翡翠茶館に潜入していたのだが、そこに皇帝から新たな密命が下った。

レスルーラ王国から修道院へ行くわたしの護衛だ。レスルーラの王とわたしの父が、ブライ帝国皇帝に要請したことだった。

「隣国の王太子殿下の元婚約者の護衛ってだけでも異例なのに、ご令嬢との婚約破棄はレスルーラ王国の反乱勢力をあざむくための計略だというじゃないか。おまけに、その勢力はこっちの不穏分子ともかかわっている」

「ウィバリー伯爵とセイラン殿下のつながりですね……」

「ああ。皇帝陛下にとっても、おおっぴらにはできない話さ」

そんなわけで、わたしの動向は両国の情勢にかかわる極秘事項になった。情報統制のため、もとからセイランについて探っていたイーサンにわたしの警護は任された。

イーサンは元々、森に入る前にわたしの護衛を引き継ぐ予定だった。だけど、レスルーラの護衛はわたしを見失い、その後わたしは森に置き去りにされ盗賊に襲われた。

一方、わたしを護送していた馬車の関係者を第三騎士団がブライ帝国内で捕らえて尋問したところ、セイランがわたしを狙っている事実があきらかになった。

まだ表に出てきていないひそかな内通者がいる可能性を考えて、イーサンはとりあえずわたしの身もとを隠したまま、自分が情報収集の拠点にしていた翡翠茶館で保護することにした。修道院に送ったら、そこから拉致《らち》される可能性もあるしね。

「あ……」

そのとき屋敷の扉が開き、だれかが入ってくる音がした。

「帰ってきたようだね」

部屋を出て玄関ホールに向かうと、そこにはイーサンがいた。雨に濡れた外套《がいとう》を扉の前にいた部下に渡している。

「……ただいま」

「お帰りなさい。髪が濡れてる」

「ああ、そうだな。まだ外は雨が降っているから」

外套《がいとう》と引き換えに部下から渡された布で、無造作に髪を拭くイーサン。決して明るくはない玄関ホールで、なぜかイーサンだけがはっきりと見えた。

濡れて乱れた黒い髪。琥珀《こはくいろ》色の瞳は水滴がうっとうしいのか、やや伏せられている。髪をぬぐう動作に広い肩が大きく上下した。

なんということもない仕草が男らしくて、胸がときめく。

「休まなくても大丈夫なのか？」

「え？　あ、はい。イーサンと話したくて待っていたの」

「話か。うん、わかった」

彼の表情が少し陰《かげ》る。周囲にいた部下に夜間の警護について確認すると、イーサンはわたしのほうを振り返った。

「書斎へ行こうか。防音対策がされているから」

イーサンに連れていかれたのは、火事の前に話をしていた部屋だった。

それほど広くない書斎のソファーに座って向きあう。暗い窓の外からは雨音がするけれど、廊下側からはだれの気配もしなかった。

「ここなら耳のいい獣人にも立ち聞きされることはない。話を聞くよ」

イーサンの表情はあからさまに硬くなっていた。

いろいろ大変だったと思うけど、混乱は無事に収まったのに、どうしてそんな顔をしているんだろう。

「あの、イーサンが疲れているなら、明日以降でもいいんだけど」

「今、話してほしい」

「じゃあ、話します。わたし、これからどうしようか考えていたの」

「……………」

イーサンの眉間にぎゅっとしわが寄った。

「そうか。わかった。俺が知っている情報を話すよ」

「情報？」

「ああ。まず、レスルーラ王国の王太子殿下があんたとの復縁を望んでいるのは事実らしい」

ヴィンセントの藍色の瞳を思い出す。

『時々、あなたは周囲にそう思わせようとしているだけで、本当はだれも信じていないのではないかと感じるんだ。いつか人は裏切ると思っている。違うかな』

そう言って、苦く笑ったその顔を。

かつてのアナスタージアは、大好きなヴィンセントにも自信のなさと劣等感を隠しつづけた。それをヴィンセントは歯がゆく思っていたのかもしれない。それでも、彼はわたしが心を開くのを待っていてくれたのだ。

「ただ、状況はウィバリー伯爵家の令嬢が言っていたように、まだ落ち着いていない。レスルーラに帰国するのはしばらく待ったほうがいいと思う。それまでは皇帝陛下が帝都で貴賓《きひん》として遇すると、内々に知らせがあった」

たしかジュリエットが、王国でクーデターを起こそうとした一派への粛清《しゅくせい》が進んでいると話していた。

わたしはレスルーラ王国の伯爵令嬢という立場で、政変が解決するまでブライ帝国で保護してもらえるということなのか。突然森に放り出され盗賊に襲われたときと比べたら、待遇も未来への安心感も雲泥《うんでい》の差だ。

「あのとき」

黙ったまま考え込んでいると、イーサンがつぶやいた。思わず漏れてしまったような、本当に小さな声だった。

「あんたを抱いてしまえばよかったな」

「え、イーサン？」

イーサンは、膝の上できつく組んだ己の指を見つめている。彼の獣耳は力なく伏せられ、ソファーの座面に流れたしっぽもくたりと垂れていた。

「悪い。こんなことを言うつもりは……」

どんなに強い男でも、獣人の耳やしっぽは正直だ。

それでもイーサンは後悔を振り切るように頭を上げると、少し懐かしそうに窓の外を見た。

「この任務につくことになって、初めてあんたについての説明を受けた。俺は最初、あんたが気位の高いお姫さまなんだろうなと思っていた」

その目に映っているのは雨に濡れた貴族街ではなく、わたしたちが出会った日の深い森のようだった。

「人族の国の貴族で、しかも王太子殿下の婚約者なんて、きっと獣人や庶民を見下した高慢な女だろうと」

「そうね。婚約を破棄されて、国外に追放されるほどだものね」

「もちろん事情があるのはわかっていたけど、俺は騎士団長といっても荒くれどもを率いる元平民だしな。でも、あの森の小屋で初めてアナを見たとき、想像していたのとは全然違った。あんなひどい目に遭《あ》っているのに、あんたは強くて、綺麗で……。思えば、あのときからもう惹かれていたのかもしれない」

「イーサン……」

「そのあとも驚くことばかりだった。高慢な令嬢どころか、あんたはまるで庶民みたいで。働くことをいとわず、新入りの娼婦を見ては泣くし、気取らず一生懸命で思いやりがあった」

それは、わたしが前世の記憶を思い出したせいだ。平凡な人生を送った会社員で、一般人の感覚が身についていたから。

イーサンは外を見たまま、くすりと笑った。

「いつも子供みたいに無防備なのに、時々我慢できなくなるくらい色っぽくて、俺は気がついたら本気になっていた。手の届かない――想うことも許されないお姫さまなのにな」

「本気って……本当に？」

「ああ。こんなに人を愛することは二度とないだろう」

はっきりとうなずくイーサンに涙があふれそうになる。

やっぱり信じてよかった。いつも本心の見えない軽い調子のイーサンが、もう隠すことなどなにもないというように、まっすぐわたしを見つめる。

その琥珀色《こはくいろ》の瞳は、悲哀と愛情に満ちた深い色をたたえていた。

「俺はどこにいても、アナの幸せを祈っているから」

わたしたちの間には身分の差がある。国は違うけれど、それぞれの国での爵位の格というものがあって、レスルーラ王国の伯爵令嬢とブライ帝国の騎士爵は本来ならつりあわない。

でも、わたしは負けたくなかった。

「まだ、間に合うんじゃないかしら」

もう人生をあきらめたくない。

なんの因果か、この世界に生まれ変わることができたんだもの。悪役令嬢のバッドエンドを回避できたのはきっと、もう一度生き直すんだという強い意思のおかげだ。

愛した人に裏切られ周囲からも嘲笑されて、乙女ゲームに逃げていたわたしが、今その乙女ゲームによく似た世界でハッピーエンドを目前にしている。そんな奇妙な状況がおかしくて、わたしは思わずふっと笑ってしまった。

「アナ？」

雨音だけが響く静かな書斎にかすかな笑い声が響いたのか、イーサンが目を見開いた。

笑みを浮かべつつイーサンを見つめると、彼はわけがわからないという顔をした。大きな男がきょとんとしている様子はなんだかかわいい。

わたしは立ちあがって、向かいに座っているイーサンの横へ移動した。

イーサンの手を握ろうと思ったけれど、なんだか急に恥ずかしくなってしまって騎士服の袖口をそっとつかむ。

「さっきはごめんなさい」

「さっき？」

「火事になる前、この屋敷で話していたとき、あなたの手を払いのけてしまって」

「ああ。あれは俺が無神経だったし」

「ううん、違うの。わたし、まただまされたんだと一瞬思ってしまった。やっぱり信じちゃだめなんだって。……わたしは、好きになった人からは愛されないんだって」

イーサンが息を呑む。

強い視線を感じた。顔を上げられない。

「好きになった？」

「そう。最初は哀れみなのかと思った。同情で助けてくれたんだって。そして、本当のことを知って、策略なのかもしれないと考えた。でも、今は……」

目を合わせられない。頬が熱い。

緊張で心臓が早鐘を打つ。

「……あなたを信じてもいいですか？」

思い切ってイーサンを見あげると、琥珀色《こはくいろ》の瞳がとろりと甘い光を帯びていた。

婚約者や家族に裏切られたと思っていたけれど、そうじゃなかった。過去の出来事で自分を否定するばかりじゃなくて、もう一度愛を信じてみたい。

イーサンなら絶対に信頼を返してくれる。そんなふうに思えるようになったことがうれしい。

愛する人と、そして自分自身を信じる強さを取り戻す――わたしはきっとそのためにこの世界に生まれてきて、愛しい黒豹に出会ったんだ。

一心にこちらを見つめるイーサンに、わたしは偽りのない素のままの笑顔を向けた。

「だから、既成事実を作っちゃいましょうか」

少し早口になってしまった。自分でも大胆なことを言っていると思う。

「既成……!?」

イーサンは目を丸くしてぽかんとしている。そんな表情もレアだ。

今日だけでいろんなイーサンの姿を見た。どんな彼でも愛しく感じる。

今度こそ、なにがあっても、愛している人を、愛してくれる人を手放しちゃだめだ。

「このまま皇帝陛下のもとに行ったら、たぶんもう、わたしはレスルーラの王太子妃になるしかなくなる」

「………」

「でもわたし、あなたと一緒にいたい。身勝手かもしれない。だけど、こんな思いまでして巡り会えた人を失いたくないの」

イーサンがごくりとつばを呑む。その視線が次第に熱をはらんでくる。

「盗賊にさらわれたところをイーサンに救ってもらった。婚約破棄されて国から追放されていたわたしは、もうその時点で、伯爵令嬢でも王太子殿下の婚約者でもなかった。そして、ただの女性として異国の獣人の騎士と結ばれた。それじゃ、だめかしら？」

これが、あれこれと悩んだわたしの結論。

昔は険悪だった両国も最近は交流が増え、国を越えて結ばれる人も出てきている。身分の問題だって、追放されたわたしは、いわば自由の身だ。

わたしの無実は証明されたみたいだし、そんなわたしを助けて結婚したからといって、イーサンが罪に問われることもないはず。

「本当にいいのか？」

ふっ切れたわたしとは違って、イーサンはまだ考え込んでいるみたい。彼は真剣な顔をして言った。

「あと戻りはできなくなるぞ」

「戻りたくないもの」

「家族と引き離され、王太子妃になれる可能性も潰れる。あんたの未来を閉ざしてしまう」

否定する言葉とはうらはらに、彼の手がわたしの耳の横をなでた。

ゆっくりと髪に指を通す。

「それに、俺は元平民の荒くれ者だぜ？　あんたのような高貴な姫君を幸せにできるかどうかわからない。それでもいいのか？」

「わたしが普通の貴族のお姫さまに見える？」

わたしはイーサンに向かって唇の端を上げ、笑って見せた。悪役令嬢らしく、高貴に、勝気に、高飛車に。

「綺麗なドレスや大きな宝石がないと、機嫌が悪くなりそう？」

「いや……」

「使用人がいないとなにもできなかったり、働くのをいやがったりするように見える？」

「いや、見えないな」

イーサンがぷっと噴き出した。

「むしろ喜んで下働きをしそうで怖い」

「でしょ？」

「だけど、あんたに不自由はさせたくない。できるだけのことはする。今まで断っていたけど、昇進の話も受けようと思う」

「無理しなくてもいいの。わたしは本当にそばにいたいだけ」

琥珀色《こはくいろ》の瞳が優しく細められた。

そして、イーサンはソファーから立ちあがり、わたしの前で恭々《うやうや》しく片膝をついた。

故国でもこの獣人の国でも変わらない。忠誠と永遠の愛を誓う騎士の姿勢だ。

「イーサン……」

イーサンはわたしの手を取り、その甲にキスした。手を裏返して、手のひらにも口づける。

緊張した真剣な顔。

「アナスタージア、俺と結婚してくれないか。俺のこれからの人生を懸《か》けて、あんたを守る。だから、一生をともに過ごす番《つがい》になってほしいんだ」

気づいたら、涙がこぼれていた。頬をぬぐっても、次から次へと涙があふれてくる。

前世も含めて、こんなに幸せを感じたことがないくらいうれしい。

わたし、幸せになってもいいのかしら。いいのよね？

幸せは待っていても向こうから来ることはない。つかみに行くものなのだ。

「はい。わたしをあなたの番《つがい》にしてください」

わたしはイーサンの胸に飛び込んだ。片膝をついたままだったイーサンはぐらつくこともなく、わたしを受けとめてくれた。

そのまま抱きあげてソファーに座る。わたしはあっという間にイーサンの膝の上だ。たくましい腕に抱きしめられて、広い胸の中に閉じ込められる。

イーサンが愛おしそうにわたしを見つめた。

「口づけをしてもいいか？」

「もちろん。いっぱいして」

「アナ！」

一瞬でも見逃したくないというように、イーサンが目を開けたまま口づけしてきた。視線を合わせられないほど近くで、琥珀色《こはくいろ》の星が輝いている。

前みたいに媚薬なんか飲んでいないのに、全身を甘やかな痺《しび》れが走った。胸がときめきすぎて、心臓が飛び出してきそうだ。

「アナ。アナスタージア」

イーサンが少し舌を出して、わたしの唇を舐める。わたしは薄く口を開いて、彼の舌を迎え入れた。

「ん……」

息が上がる。苦しいのに、彼を求めるのをやめられない。

お互いの舌を食べてしまいそうなほど激しい口づけ。

「……あぁ……」

イーサンの大きな手がわたしの背中をなでると、甘いため息が出てしまう。手のひらは腰のくびれを味わうようにたどり、前に回ってわたしの胸を覆《おお》った。

長い指が、ドレスの生地に包まれた柔らかなふくらみをゆっくりともみしだく。いつの間にか尖ってしまった胸の先端をつままれると、ぴくんと体が跳ねた。

「あんっ」

「くっ」

イーサンが短くうめいた。軽く弾んでしまったわたしのおしりの下で、イーサンのそこが硬くなっている。

「あ……」

突然現れた存在感のあるものに驚いて身じろぐと、刺激を受けた昂《たかぶ》りがさらに大きくなった。

イーサンは「はぁっ」と大きく息を吐いて、わたしを強く抱きしめる。

「アナ、今夜は……いいか？」

なんの許可を求められているのか、言葉にされなくてもわかった。

媚薬で高められたわたしの興奮をしずめるために、これまでイーサンは何度もわたしを絶頂に導いてくれた。けれど、彼自身が中に入ったことはない。あんなに体を重ねていても、わたしはまだ処女のままなのだ。

いくら忍耐強くても、彼だって男だもの。ずっと挿入したかったはずなのに、驚くほどの克己心《こっきしん》で我慢してくれていたのはわかっていた。

「もう、止められない」

熱く燃えるような視線がわたしを射ぬく。

「寝室に行こう」

とっくに覚悟はできている。イーサンの短い言葉に、わたしは小さくうなずいた。

この書斎は一階にある。こういう貴族の屋敷では、だいたい主寝室は二階のはず。その二階に上がる階段は、玄関ホールの中央にあった。

つまり、どういうことかというと……

「あーっ、団長ぉ⁉」

「――と、お姫さまぁ⁉」

玄関ホールにいた獣人の騎士たちがどよめいた。

なぜなら、書斎から出てきたわたしが、イーサンにお姫さま抱っこをされているから！

いかにも『なにかありました』『これからなにかします』という体勢で、二階への階段をのぼっていくわたしたち。イーサンは堂々としているけれど、やっぱり恥ずかしい。

イーサンの肩に顔をうずめると、その肩越しに興味津々な騎士たちと目が合ってしまう。

「ひゅー、団長、おめでとうございます！」

「姫さま、マジで団長のものになっちまうのか」

指笛を吹く人や、なぜか涙を流す人までいて、騒がしさがマックスになる。

またヤーイーおばあさんに怒られちゃうわよ、と思ったのだけど、当の女副団長は生あたたかい目でわたしたちを見つめているだけだった。

「イーサン……」

「悪いな。平民流の祝いとでも思ってくれるかな？」

「は……はい」

だいぶ照れくさいけど、前世では結局できなかった結婚式のライスシャワーやクラッカーみたいなものだと思えばいいのかしら。騎士団の団員たちが、わたしのことをイーサンの番《つがい》として認めてくれたんだと思えば、この大騒ぎもうれしかった。

彼らの祝福は、わたしたちが寝室に入るまで続いた。寝室の扉を閉めると、にぎやかな気配が遠くなる。

お姫さま抱っこのまま寝台の前まで行き、そうっとシーツに下ろされた。

「アナ、大切にする」

そのまま押し倒され、のしかかってきたイーサンにわたしは焦って叫んだ。

「ま、待って！　その前に、湯浴みがしたいんだけど！」

「……………」

「ほら、舞踏会のあといろいろあって、汗もかいてるし、ほこりだらけだし」

今さら逃げる気はないし、イーサンも我慢の限界なのかもしれないけど、体を清めてから抱きあいたい。でも、無理かしら。彼の眉間にとても深いしわが刻まれている。

イーサンはちょっとムスッとしてから、わたしの視線の先に気づいたのか、指先で眉間のしわをのばした。そして、平静な表情を作ってにやりと笑う。

「そのままでいいって」

「でも」

「俺は気にしないし、むしろあんたのにおいをもっとかぎたい」

首筋に顔をうずめ、甘える猫のように鼻をすりすりとこすりつけてくる。猫の嗅覚は人間の何十万倍も発達していると前世で聞いた気がするけど、豹はどうなのだろう。

「いいにおいだよ。やばいくらい興奮する」

イーサンの呼吸が徐々に荒くなってきて、わたしまでつられて感じてしまう。彼はわたしの首筋をぺろりと舐めた。

「あぁっ」

首筋から全身に痺《しび》れが走って、足の間にじゅわっと蜜があふれたのがわかった。

「イーサン……。んっ、ああ……」

汗や汚れのことはどうでもよくなってしまった。

もう、イーサンがいいと言うならいい。わたしが抱いてほしいのは彼だけだもの。今、この気持ちの流れの中で、あふれ出した愛情と快感を一瞬でも止めたくない。

「気持ちよくなってきた?」

「もう、なってる……」

イーサンは愛液のにおいもわかるのかしら。恥ずかしさに頬が熱くなった。

「確認させてくれ」

イーサンがドレスの裾をめくり、秘所にふれる。そこはとろとろに濡れて、彼の指を迎え入れた。

ぬかるんだ割れ目をマッサージするように行ったり来たりする長い指。

「やぁん……っ」

時折指先がふくらんだ芯芽をかすめ、鋭い快感に体が震える。

したたる蜜を十分にまとわせると、イーサンは肝心なところにはさわらずに、指を離してしまった。

「あっ、どうして……？」

そして、イーサンはわたしを熱い瞳でじっと見つめたまま、さっきまで秘所をかきまわしていた指を口にくわえた。

「やぁ、やめて！　汚いから」

「汚くなんかないさ。甘い。それに、そそるにおいだ」

ワンジンに乱暴されかけた夜、イーサンがそこを直接舐めてくれたけれど、あのときは媚薬に侵されていた。素面《しらふ》ではとても耐えられそうにない。

わたしの蜜で濡れた指をしゃぶるイーサンの姿に羞恥が込みあげる。

「いたたまれないわ……」

「このくらいは慣れないと。本当はあんたの頭の先からつま先まで、すべて舐めあげたいくらいなんだ」

「ええ!?　それはちょっと」

おじけづくわたしを見て、イーサンはふたたびにやりと笑った。そんな場合じゃないのに、人の悪そうな男っぽい微笑みにドキッとする。

「獣人の番《つがい》になったんだ。あきらめるしかない」

「まさか、獣人ってそういう性癖もあるの!?」

「さあな。人によるとは思うけど、獣人は恋をすると番《つがい》だけしか見えなくなるし、相手のすべてを自分のものにしたがる、とはよく言われるな。少なくとも俺は、あんたの全身を舐めたい」

「嘘……冗談よね⁉」

「今夜はそこまでしないから安心して」

「そうよね」

よかった。イーサンの熱い舌にあちこちを舐められるのを想像して、恥ずかしさで爆発するかと思った。でも、ほんの少しだけ、期待を感じてしまったのは内緒だ。

イーサンはほっとして胸を押さえるわたしを見て、意味ありげに含み笑いをした。

「そういうのは、もう少し慣れてから、な」

「……えっ⁉」

そのまま口づけられ、反論を封じられてしまった。激しくキスしながら、イーサンはまたわたしの下着の中に指を忍ばせ、器用に指を動かして芯芽にいたずらしはじめる。

「んっ、あぁんっ」

さっき途中で放置されたぶん、体の奥にたまっていた悦びが一気に湧きあがった。一番敏感な場所をくりくりとこすられると、目の裏に稲妻のような光が走る。

「あんっ！　んっ、それだめ、もう、んっ！」

「いきそう？」

「うん……もう……！」

「だーめ」

ところが、イーサンはわたしが絶頂に達する直前に、そこからまた手を離してしまった。

「あん、なんで!?」

あとちょっとだったのに。下腹部がうずいておかしくなってしまいそうだ。

太ももをこすりあわせてもぞもぞしていると、イーサンが両手で足のつけ根を開いた。ひんやりとした空気とともに、蜜と唾液に濡れた長い指が中に入ってくる。

「ん……っ」

「もう少しほぐしてから、気持ちよくなろうな」

これまで何度も彼の指を受け入れてはいるものの、処女の蜜口はまだ固い。一瞬体が強ばるけれど、イーサンのやり方に慣らされていたせいか、思ったよりもすんなりと指が入り込んだ。

「大丈夫?」

「たぶん、平気」

「指を増やすよ」

二本目の指が侵入してくる。しばらく指を前後に動かして、中を広げていたイーサンが三本目の指を入れた。

「んんっ」

「痛い?」

引きつれてピリッとしたけれど、イーサンがゆっくり広げてくれたからか、予想していた痛みはなく、ただ体の中をさわられているという違和感だけがある。

「痛くはないけど、変なかんじ」

イーサンがいつものように蜜穴の内側をトントンと刺激しはじめた。三本の指に圧迫されている感覚は強いけれど、次第にそれだけではない深い快感がせりあがってくる。

「あっ、ん、あぁっ、あっ」

「どう？　中も感じてきた？」

「んぅっ、あ、あぁ、んっ……、なんか、変に……変に、なっちゃ……あぁっ」

膣壁の上側を軽くノックされると、規則正しいリズムが子宮にまで届く。まだ中に出されていない空想の子種を奥へ奥へと送り込もうと胎内がうごめく。

「すごい。指が食いちぎられそうだ」

「そんなこと、言わないで。あっ……あぁん、どこかに、いっちゃいそう……」

「もう少し我慢して」

「まだ、だめなの？　いきたい……いきたいの」

「アナは俺の指が好き？」

「あぁ、あ、あぁん！　お願い、好きだからぁ」

「じゃあ、指とこれ、どっちでいきたい？」

「……え？」

頬になにか冷たいものがあたって目を開けると、イーサンの額から汗がしたたり落ちていた。

「アナ……もう、いいよな？」

イーサンは歯を食いしばるようにして、荒い呼吸を呑み込む。そして、わたしの答えを待たずに低くうなった。

「ごめん。俺は、指じゃなくて俺自身でアナをいかせたい」

その苦しそうな表情を見ていたら、たまらなくなった。

彼はずっと自分の欲望を我慢して、わたしを気持ちよくしてくれた。今、わたしもこの人の優しさに報いたい。

「うん。もう大丈夫だから、イーサンも気持ちよくなって」

イーサンがすぐに体を起こして、わたしの上にまたがった。チャイナ風の騎士服の上着のボタンをはずして脱ぎ捨てる。

たくましい上半身があらわになった。

騎士として鍛えあげられた肉体。肩から二の腕にかけての盛りあがり。筋の浮いた首のライン。厚い胸板やくっきりと割れた腹筋は彫刻のようだ。

どうしよう。イーサンがかっこよすぎてドキドキする。

「悪い。これ以上、我慢できなそうだ」

苦しそうに眉間にしわを寄せたイーサンはズボンの前立てを開いて、自らの昂《たかぶ》りを取り出し、片手で二、三回しごいた。

「……はい？」

わたしは思わず絶句した。

「え、えーと」

イーサンの男性器をまじまじと見たのは初めてだ。あの夜は朦朧《もうろう》としていたし、行灯《あんどん》の光が暗くてよく見えなかった。

いや、そうじゃない。動揺のあまり、意味のないことを考えてしまった。今それを思い出そうとしてもしょうがない。現実は目の前にあるのだから。

だけど、それでも、それって。

「お、大きすぎないかしら？　無理……かもしれない……」

「そんなことはない。全然普通だ。大丈夫」

イーサンはいかにも上の空な、適当なかんじで返事をすると、わたしの両足を持ちあげる。ドレスのスカート部分が大きくめくれあがった。

そういえば、服を着たままだった。素肌でふれあいたい気もしたけれど、イーサンはこの状態だし、余裕がなさそう。

わたしは覚悟を決めた。この巨大な猛《たけ》りだって彼の一部だ。この人の心も体も、すべて受けとめると決めたのだから、あとは野となれ山となれ、だ。

「イーサン……来て」

「挿れるぞ」

指とは比べものにならないほど熱くて大きなものが、ずるっと押し入ってきた。初めての場所をこじ開けて、張りつめた男の欲望が侵入してくる。

狭くてきついし、やっぱり痛みもある。これ以上は無理だと叫び出したくなるくらい、蜜穴が広げられる。

それでも歯を食いしばって我慢していると、ぐっと最奥になにかがあたった。

「あ、んあ……んん！」

「……入った」

「全部……入ったの？」

「ああ」

おなかがはち切れそうだ。わたしはそうっと下腹部をなでてみた。

ここに、イーサンがいるのね。だれも入ったことのない体の中に、自分自身でもさわれないような場所に、彼が存在している。

胎内がいっぱいになるのと同時に、心の中の空洞まで満たされたような気がした。

「うれしい……。これでわたしたち、ずっと一緒ね？」

「そうだ」

「もうわたし、イーサンのお嫁さんになるしかないわよね？」

体を覆《おお》うようにのしかかられたまま、きつく抱きしめられる。中に入っているものがさらに膨張した。

「イーサン、待って。そんなに大きくしないで！」

「それこそ無理だ。あんたがかわいすぎるのが悪い」

「わたし!?」

唇に、まぶたに、額に、顔中に熱いキスが降ってくる。

「アナ、もう離さない。あんたは俺のものだ」

「ええ、わたしはあなたのものよ。あなたもわたしのものだから」

「あたり前だろ。俺は永遠にあんたのものだ」

「イーサン……」

「絶対にレスルーラには戻さない。王太子にも渡さない。一生、俺だけ見てろ」

「どこにも行かない。あなただけ、だから。あ……っ」

イーサンが腰を前後に揺らした。その動きが次第に大きくなる。

「イーサン、大好き」

「俺も、愛してる」

イーサンの顔からまた大粒の汗がしたたり落ちてきた。

ふだん軽い態度を崩さない男の真剣な表情。わたしの上で夢中になって腰を振るイーサン。快感に眉をひそめて、時折小さなうめき声をこぼす様子が愛しくて、胸がしめつけられた。心の高揚に体が反応して、わたしの中が大きくうごめく。

「はぁっ、はぁっ、アナ、きつい」

「え？」

「締めつけすぎだ。そんなに食いついたら、すぐいってしまうだろ？」

「そんなことしてない！　あっ、やあぁぁ」

みっちりと隙間なく噛みあって抜けなくなりそうなくらいなのに、イーサンが勢いよく腰を引いて、わずかに離れる。

「ひぁ、や、だめ！　離れちゃだめぇ！」

「アナ、うっ、ああっ」

また焦《じ》らされるのかと怖くなって、力を入れて足を閉じようとしたら、イーサンがうめいた。欲望の先端だけが膣内に残っていたようで、男の器官の中でも一番敏感だという亀頭を締めつけてしまう。

「あんたのここ、いやらしすぎるだろ……！」

「えっ⁉」

「俺のをくわえ込んで離さない。先のほうだけ、しゃぶるようにうごめいてる」

「んっ、あああぁ……！」

「全部やるから、待ってろ」

イーサンは、ぎりぎりまで引いた腰を今度は思い切り打ちつける。パンッと肌があたり、硬いものがくちゃくちゃとぬかるみを犯す音が響いた。

「あ……や、あぁっ、あああぁぁんっ！」

最奥を突かれる。ぐちゃぐちゃにかきまわされて、また楔《くさび》がうがたれる。何度も繰り返される快楽の連続に、どんどん頭が真っ白になっていく。

「やっ、あああぁ……！　きもち、いい……」

「俺も、いいっ。よすぎる！」

「あんっ、やぁっ、やっ、はげし……あぁんっ、あああぁぁぁ！」

ついに悦びが弾けた。白い閃光《せんこう》に貫かれて、高いところに放り投げられたような浮遊感に襲われる。

「くっ」

イーサンの抽挿がどんどん激しくなる。絶頂に達して痙攣《けいれん》している柔壁が、さらに強く彼を締めつけた。

「あぁ、あぁぁぁっ！　あっ、あっ、もうだめ、いってるから……！」

「アナ……っ」

イーサンが息を呑む。次の瞬間、彼は中から自身を取り出して、大きな手で何度かしごいた。

そして、わたしのドレスの上に欲望を吐き出す。大きな昂《たかぶ》りがドクンドクンと脈動し、白濁がわたしの頬まで飛んできた。

「あ……外に？」

息を荒らげながら、イーサンが倒れ込んでくる。

すぐにでも結婚するものと思っていたから、まさかイーサンが避妊のようなことをするとは考えもしなかった。それとも、わたしの勝手な思い込みだったのだろうか。

イーサンがどういう未来を考えているのか、少し不安になる。彼はわたしの気持ちを察したのか、額に軽く口づけて、耳もとでささやいた。

「はぁっ、はぁっ……。まだ子供は早いだろ？」

「赤ちゃん、欲しくない？」

「子供はたくさん欲しい。以前言ったよな、俺は五男だって。実家はにぎやかで明るかった。アナともあたたかい家庭を作りたいよ」

「……じゃあ、なんで？」

中で出さなかったのかしら。さすがにはっきりとは言えなくて言葉を濁したけれど、イーサンには伝わったみたい。

「正式に結婚してから、子供を作ろう」

「イーサン……」

「少し待ってくれ。ちゃんと筋を通して、あんたと結婚できるようにするから」

イーサンはきちんと考えてくれていたんだ。やっぱり彼を好きになってよかった。

わたしは彼の首にぎゅうっとしがみついた。

「ありがとう、イーサン。うれしい。……え？」

ん？　下腹部に硬いものがあたってる？

「ああ。初めてなのに、すまない。もう一度だけいいか？」

「はい？」

「今日はもう、それで終わらせるから」

ん？　んん？

「あの、普通は一度で終わりじゃないの？」

「一度？　それは拷問か？」

「ごうもん」

「まさか一度や二度で足りるわけがないだろう？」

『そんなの常識』みたいな顔して言うけど、それ、あたり前じゃないわよね？

「アナももっと気持ちよくするから」

「あん！　ま、待って……あ、ああっ、あぁぁぁぁん！」

結局イーサンがもう一回いくまでの間にわたしも何回かいかされて、疲れ果てたわたしはいつの間にか眠ってしまったのだった。

レスルーラ王国の社交界で噂になっていた獣人絶倫説を、我が身で証明することになるとは思わなかったわ……


翌朝目覚めたとき、体がだるくて起きあがれなかった。

初心者相手にやりすぎだと怒ろうと思ったのだけど、横にいたのがもふもふの黒豹だったので、怒りは霧散してしまった。

「もふもふ……」

窓からは昨夜の雨が嘘のように明るい朝の光が差し込み、つやつやした黒豹の毛並みを照らしている。

イーサンはきっと、わたしが怒るのをわかっていて、獣型になっていたのよね？

「……もう」

大きな黒豹が、人型のときと同じ琥珀色《こはくいろ》の瞳で優しくわたしを見つめている。

ずるい人。

それでもやっぱり、こんな素敵なもふもふに怒るなんてできない。

「愛してるわ」

わたしが抱きつくと、黒豹がわたしの肩を甘噛みしてから、ぺろりと舐めた。

鋭い牙に噛まれても痛みはまったくないし、噛み痕もすぐに消えていく。猛々《たけだけ》しい猛獣が力加減をしてくれているのがよくわかった。

静かな朝。あたたかい体温に、規則正しい鼓動。

幸せって、こんなに穏やかなものなんだ……

前世でも今世でも味わったことのない柔らかな時間が、ふたりの間に漂っていた。

乙女ゲームの悪役令嬢に転生して、王太子から婚約破棄されて、国外に追放されて。深い国境の森に置き去りにされ、恐ろしい盗賊たちに乱暴されかけて。

結局、なにも変わらないんだ、と。愛する人からは裏切られ、だれも――自分自身すらも信じられずに終わるのだと思っていた。前世の佳奈の人生と同じように。

悪役令嬢の末路としては最悪の〝娼館ルート〟。そんなバッドエンドから始まった、二度目の人生だった。

だけど、今、予想もしなかったエンドロールが頭の中を流れている。

わたし、断罪された悪役令嬢だったわよね？

それなのに。


――追放先の獣人の国で、黒豹の騎士とハッピーエンドを迎えました！

†

血まみれの龍袍《ロンパオ》ののせられた盆が、玉座に座る皇帝の前に差し出された。

金獅子朝ブライ帝国皇帝の前にひざまずくのは、幾人かの側近のみ。

彼らの顔は青白い。秘密裡にとはいえ、先ほど皇帝の実の弟が処刑されたのだ。

鮮血に汚れた衣服が死の証明だった。

金獅子の血族、しかも皇帝の直系の一族のみがまとうことを許される紋が入った、その龍袍《ロンパオ》。現在身につけられる高貴な存在はただひとり、皇帝の弟だけ。

先日、弟皇子は兄の皇帝への反逆罪で捕らえられたが、皇帝はその件を公《おおやけ》にはしなかった。血縁者に裏切られたなどと国内外に喧伝《けんでん》しても、政治的に有利になることはひとつもない。

皇帝の弟はもともと頑健ではなかったということもあり病死とされ、ひそかに刑に処された。

威風堂々とした壮年の皇帝は、無言で血染めの龍袍《ロンパオ》を受け取る。しばらくそれを眺めていたが、臣下に弟の遺品の処分を命じるとおもむろに部屋を立ち去った。

白髪赤瞳の〝純白の皇子〟は天に還《かえ》った。


その日の深夜、小柄な獣人の男が帝都からは結構な距離にある海沿いの街、チェナーラに向かった。


数日後、魔都チェナーラ。

立ち並ぶ絢爛豪華《けんらんごうか》な紅楼を数多《あまた》の提灯《ちょうちん》が朱く彩《いろど》る。闇を染める数え切れない灯は、人々の欲望の象徴だ。

男は娼館やら賭場やらが軒《のき》を並べる猥雑《わいざつ》な通りを抜けて、七色牡丹街へと向かう。慣れた様子で入っていったのは、チェナーラで三本の指に入る高級娼館、翡翠茶館だった。

体裁は整っているが表門に比べるとずいぶん簡素な裏門から身を忍ばせ、人目につかないように本館の最上階へと足早に歩く。実用的な扉の向こうは、この館の女主人の執務室だった。

「おかえり。早速だが、どんな塩梅《あんばい》だったか聞かせてもらおうかね」

男の前に座っているのは、夕焼けのような明るい色の髪をした猫獣人の美女。

チェナーラの裏社会の顔役でもある彼女は、この街に関するあらゆる情報を集めている。

皇弟が〝病死〟したことを聞くと、彼女はふかしていた煙管《キセル》からふうっと煙を吐き出した。

「これでとりあえずは決着かね」

今回の政変にかかわったものは、騎士や文官から平民の〝犬〟まで海の底に消えた。チェナーラから帝都へ海路で向かった者たちの乗った船が、なぜか突然沈没しただけの話だ。

翡翠茶館の女主人はその場で文を書き、厳重に封をほどこした密書を目の前の男に託した。ちょっとした裏の仕事を難なくこなす、手がたい配下だ。

「じゃあ、もうひとっ走りお願いするよ。あの坊やにもよろしく伝えておくれ」

今回の件はこれで終わり。

いい加減この腐れ縁を切りたいものだが、あの黒豹の騎士とは持ちつ持たれつの関係だ。こちらの得になる情報も流れてくるから、しょうがない。

密偵が騎士団の隠宅《いんたく》へ急ぐ様《さま》を窓から見つめながら、年齢不詳の美女はおもしろそうにつぶやいた。

「あの白獅子も蝮《まむし》女も、これが一番の幕引きだったのかもしれないね。地獄と極楽は紙一重ってことだ」

短い人生を駆け抜けたはた迷惑な男と女は、この先の命と引き換えに切望していたなにかを手に入れたのかもしれない。たとえそれが身の破滅だったとしても。

闇夜の提灯《ちょうちん》に細かい羽虫が群がる。蝋燭《ろうそく》の炎に焼かれた虫が地に落ちる。

朱い灯火《ともしび》が花街のたわいない生と死を照らしていた。

エピローグ　～その獣、溺愛中につき～

その男がだれなのか、一瞬わからなかった。

神殿の控え室の扉をはずしてしまいそうな勢いで飛び込んできた、背の高い獣人。昼前の明るい光に男の姿がくっきりと浮かびあがる。

丈の長い衣装は黒地に赤い刺繍がほどこされていて、男らしいうえにきらびやかだ。長い帯が腰まわりを引きしめ、美しい飾太刀《かざりたち》が華を添えていた。

「イーサン？」

かっこよすぎて、本当にだれだろうと思ってしまった。

金獅子朝ブライ帝国の正装がとても似合っている。こんな素敵な人がわたしの夫になるなんて信じられない。

「間に合わなかったか」

控え室の真ん中でたたずむわたしを見て、イーサンがつぶやいた。

わたしはレスルーラ王国流の花嫁衣装を身につけていた。

真っ白なウエディングドレス。Aラインのシルクのドレスはすっきりと体に沿っている。大きめの胸も品よく見えるデザインだ。

「綺麗な花嫁さんだろ？」

母親代わりに付き添ってくれていたヤーイーおばあさんが、イーサンに声をかける。

ぼんやりとわたしを見ていたイーサンが足早に近寄ってきてわたしの前に立った。

「ベールをかぶる前に口づけたかったのにな」

「い、イーサン、なにを言ってるの⁉」

臆面もなくそんなことを言い出すイーサンに、わたしは真っ赤になってしまった。ヤーイーおばあさんも神殿の神官も部屋にいるのに。

最近、イーサンは甘々だ。すぐに愛の言葉を口にするし、一緒にいるときは髪や指先など体のどこかに必ずふれている。

「だが、ベール越しでもとても綺麗だ」

わたしは裾を引きずるほど長いロングベールを身につけていた。ウエディングドレスとこの美しいレースのベールは故郷の両親からの贈り物だ。

ブライ帝国皇弟セイランの引き起こした政変から三か月、まだレスルーラ王国の情勢は落ち着かず、両親は結婚式に来ることができなかった。

——そう、結婚式。

今日、わたしとイーサンはチェナーラの大神殿で結婚式を挙げる。

列席するのはレスルーラ王国の大使やブライ帝国の一部の貴族、チェナーラの街を支える重鎮たち、そして第三騎士団の面々だ。

「領主さま、奥さま、そろそろ式のお時間でございます」

「今、行く」

扉の向こうから呼ぶ声にイーサンが応えた。

イーサンは今回の政変を鎮圧した褒賞として、このチェナーラを含む一帯を与えられた。

表向きは大火の被害を最小限にくい止め、人命と街を救ったことへの褒賞だ。あの火事でもともとの領主一族が亡くなってしまったせいでもあるんだけど。

土地持ちの騎士になったイーサンは第三騎士団の騎士団長を退任し、領地経営に専念することになった。

爵位も上がり、わたしとの結婚も正式に両国から認められた。領主不在の期間をできるだけ短くするため、結婚式の準備も異例の速さで進んだ。

チェナーラ地方は広くはないが、大きな利益を生む領地だ。

綺麗事だけではすまない舵取りの難しい地域だし、火事で焼け落ちた貴族街の復興もしなければならない。けれど、わたしにはこれが予想外のチャンスに思えた。

領主の妻として、わたしにもできることがあるんじゃないかしら、と。

故国レスルーラ王国で将来の王太子妃として人々の上に立ち、社会に影響を与えていくための教育を受けてきた。そして、平凡な会社員だった前世の記憶を思い出し、上流階級だけではなく普通の人々にも苦悩や希望があることを知った。

前世でも今世でも愛していた婚約者に裏切られ、自分自身を信じることができなくなっていたわたし。ひどく臆病になっていた心をイーサンがとかしてくれて、わたしは人を愛する勇気を持つことができた。

そんなわたしだからこそできること。

「アナスタージア、手を」

イーサンが腕を差し出し、レスルーラ王国の流儀でエスコートしてくれる。

ふたりで神殿の誓いの間に向かって歩いていく。

このチェナーラの領地のため、翡翠茶館で見たような悲しい境遇の少女たちのため、これまでの二回の人生が役に立つと信じよう。

中庭に面した回廊の途中で白壁が途切れ、夏空のもとに輝くチェナーラの街が見えた。神殿の前の広場に人々が集まっている。

「あれは？」

「俺たちの結婚を祝ってくれているみたいだな。少し顔を出そうか」

高い位置にあるテラスのような場所から広場を見おろしたら、どよめきが起きた。微笑みながら手を振ると、にぎやかな歓声が上がる。

「新しい領主さまと奥さまだ！」

「おめでとうございます‼」

「わあ、こっちを見てくれた」

たくさんの人が祝福の言葉をかけてくれた。拍手が起こり、みんながまいてくれた色とりどりの花がひらひらと宙に舞う。

翡翠茶館の人たち、女主人のリンユーや狐の獣人のミオンもどこかにいるかしら。

イーサンの家族もチェナーラまで出てこられなかったから、また改めてあいさつに行きたい。

そんなことを思いながらぼんやりしていたら、イーサンに腰を抱き寄せられた。

「イーサン？」

琥珀色《こはくいろ》の瞳が甘くとろける。イーサンは優しい手つきで、顔にかかった薄いベールを上げてくれた。

そして、頭の上の黒い獣耳が機嫌よくぴくぴくと動いたと思ったら、次の瞬間、わたしは口づけられていた。

「あ……」

ついばむような優しいキス。

わーっと大歓声が巻き起こる。そのざわめきの中、イーサンが耳もとでささやいた。

「愛している」

白い海鳥がよく晴れた空に弧を描く。風に吹かれた花びらが陽の光を受けて輝く。

「わたし、この世界で……この国で生きていきたい。あなたと一緒にずっと」

「ああ。一日たりとも離さないからな。覚悟しておけよ」

「ふふ、信じているわ」

祝福の声がますます大きくなる。

わたしとイーサンはもう一度キスをかわした。ふたりの想いのように、深いキスを。

――わたしの夫は、黒豹の獣人。

彼は、獰猛《どうもう》で危険な獣。

だけど、溺れるほど甘くて優しい。

黒豹の一途で真剣な瞳をわたしはただうっとりと見つめていた。

後日談　ハネムーンはもふもふ天国

「うしろから突かれるのは好き？」

「ちが……っ、あぁっ、はぁ……っ」

「違うの？　でも、いつもよりきつい。アナ、感じてるよね？」

領主の館。広い夫婦用の居室で、わたしはイーサンにのしかかられていた。

居間の中央に置かれたソファー。

寝室はすぐ隣なのに、なぜこんなところで……！

「寝台に行きたい、お願い、あっ……あぁんっ」

「一度だけ、ここで」

「やっ、んもう……イーサンの、ばかぁ！」

夕食のあと、部屋に戻って扉を閉めた途端に降ってきた激しいキス。

なにが引き金になったのかわからない。もしかしたら、夕食で小籠包《ショウロンポウ》に似た料理を食べていたとき？

口の中にあふれた熱いスープで火傷《やけど》してしまって、ついぺろりと舌を出してしまった。貴族としてはしたないとわかっているけれど、食卓にはふたりだけだったし、つい。

イーサンは黒い豹の耳をピンと立てて、わたしの口もとをじっと見ると、ごくりとつばを呑み込んだ。

そして、部屋に入るなり「我慢できない」と言ってソファーに押し倒してきたのだ。

「あっ、あぁ、ん、あっ」

「アナ……っ」

「んぁ、あぁぁん！」

イーサンの荒い息が背後から耳にかかる。

獣の交尾の姿勢で激しく攻められて、わたしは大きな声を上げてしまった。

「イーサン、だめぇっ。声、聞こえちゃう」

扉の外には立ち番をしている兵士がいるはずだ。獣人たちは基本的に人族より耳がいいから、余計恥ずかしい。

「新婚なんだ。みんな、わかってる」

「そ、そういう問題じゃないってば……っ」

わたしの苦情なんかかまわずに、腰を打ちつけてくるイーサン。その音まで外に聞こえてしまいそう。

「あん、あっ、だめ、ほんとにいっちゃうからぁ」

「いけよ。絶頂に達したあんたのここで、俺を締めつけて」

「そんなこと言わないでっ」

「中が痙攣《けいれん》してきた」

「やだ、いやぁっ……だめぇ、あんっ……ああっ」

イーサンの硬いものがわたしの奥をぐりっとえぐる。その瞬間、快感はわたしの許容量を超えた。

「いく、いっちゃう……！　あぁぁぁぁん！」

「……くっ」

震えて突っ伏したわたしの上で、イーサンも一瞬動きを止める。しばらくそのままこらえていたけれど——

「俺も限界だ……」

そうつぶやくと、うごめくわたしの中から陰茎を抜いた。押し殺した吐息が聞こえたあと、裸の背中にパタタタッと熱い液体がかかる。

「はぁっ、はぁっ」

「次は、寝台が希望だったよな」

「そんな希望、してないからぁ……」

イーサンはわたしの汚れた背中を布でふく。そして、わたしを横抱きにして立ちあがった。

夜はまだ始まったばかり。

今夜は何度彼の精を浴びることになるだろう。その快楽を想像すると胸がドキドキする。

結婚式をして——チェナーラ一帯を治める新たな領主夫妻としてお披露目をしてから数日。わたしの体はもう、彼から与えられる悦びを覚えてしまっていた。

「じゃあ、このままここでする？」

くすくすと笑うイーサン。

「し、寝台がいいです」

本当に立ったまま始めてしまいそうな彼に、慌てて返事をする。

くだらないことで笑いあって、たまに痴話喧嘩のような犬も食わない言い争いをして。

そんなささやかな毎日が幸せだ。

でも、わたしにはひとつ不満があった。

今夜こそ、この数日間気になっていたことを聞こうと思ったのに。

思った、のに……

寝台に下ろされて甘く口づけられると忘れてしまう。

そしてイーサンの指に乱されて、最終的には意識が飛んでしまったのだった。


わたしとイーサンは結婚式のあと、チェナーラの丘の上にある領主の館で暮らしはじめた。

イーサンは慣れない領主の仕事で大変そうだけど、有能な文官たちが補佐してくれるからなんとかやれていると言っていた。

わたしは金獅子朝ブライ帝国の貴族たちと交流を持ちながら、こちらの流儀を勉強している。平民の出身で、ずっと武の仕事をしてきたイーサンの苦手なところは、わたしが支えていきたい。

そんな形で夫婦としての表の部分はうまく回っていた。

問題は、プライベートのほう。

「満月の夜にだけ咲く花？」

「ああ。遠い異国から取り寄せた珍しい花らしいんだ。ちょうど今夜は満月だから、見に行かないか？」

ソファーで抱かれた翌日、食後に散歩をしようと誘われてやってきた夜の庭。

眼下には、ネックレスのように朱い灯が連なるチェナーラの街が見える。その向こうは暗い海。そして、幾千もの星が輝く空。

その美しい夜景を堪能しながらふたりでゆっくりと歩いていくと、小さな東屋《あずまや》の横に白い花が咲いていた。

満月の光の中、ひと晩だけ咲いて朝になるとしぼんでしまうという花。大ぶりのその花からは香水のような強い香りがした。

青白い月光に照らされた神秘的な庭の様子と花の芳香にうっとりしていたら、イーサンがそっと肩を抱いてきた。

東屋《あずまや》にいざなわれて並んで座ると、優しくキスされる。

「ん……」

「アナ、少しだけ」

「……ん……？」

イーサンの長いしっぽが腰に巻きついてきて、大きな手のひらがわたしの胸にふれた。

「こんなところでだめよ」

「…………」

「外なのよ？　あんっ」

彼の指先が胸の先端をかすめて、思わず小さく声を上げてしまった。体をひねって、痺《しび》れるような快感を逃がす。

その体のラインをイーサンの不埒な指先がつうっとなぞった。

「あっ……やぁ、だめだってば。あぁん！」

くすぐったいような、ぞくぞくするような心地がして、さらに声が出てしまう。

そのあえぎ声がイーサンに火をつけてしまったらしい。

覆《おお》いかぶさってくる大きな体。わたしの吐息ごと奪っていく口づけ。厚い舌が入ってきて、口の中をかきまわす。

顔を背けイーサンの唇から逃げて、彼を止めた。

「待って」

「待てない」

「お願い、少しだけ止めて？」

「あんたの体がいやらしすぎるのが悪い」

「ええっ⁉」

まるで本物の獣のようなイーサンの強い視線に縫いとめられて、抵抗できない。

結婚してからのイーサンは、たがが外れたようにわたしを求めてきた。

獣人は番《つがい》を得たら全力で相手を愛するものだ、これが普通だと彼は言うけれど、本当かしら。言いくるめられている気がしないでもない。

かといって、だれかに聞けるような話でもないし。

「ひゃっ、あ」

旗袍《チーパオ》のスカートのスリットから、節くれだった指が忍び込む。ゴツゴツとしているわりに器用なその指が下着のひもをほどいて、素肌にふれた。

断り切れないわたしも悪い。うん。

でも、足の間の泉から蜜があふれて、自分でも止められないのだ。ついイーサンの指を誘うように足を少し開いてしまった。

「あ、あん……あぁ、はぁっ」

ぬかるんだそこに長い指が侵入してくる。中指で内側を刺激しながら、親指で秘豆をこすられるとたまらなくなってしまう。

「イーサン、あぁ、もう……！」

「少し待って」

「えっ⁉」

今度はわたしが、待ってと言われてしまった。

イーサンはわたしの中から指を抜き、素早くズボンの前立てを開けた。大きく屹立したものを取り出す。

そして、スカートをめくるとわたしの腰を持って、彼の欲望の上にまたがらせた。

「あっ、だめ、入っちゃう！」

東屋《あずまや》の椅子に座って、向かいあって、抱きしめあって。下腹部はあらわになっているけれど、そのほかの服は着たままで。

硬いものがズブズブと中に入ってくる。

「あぁぁっ」

屋敷の敷地内とはいえ、ここは屋外。見回りをしている護衛の兵士たちが近くにいるかもしれないのに、わたしたちはとうとう最奥までつながった。

異国の花のかぐわしい香りが鼻孔をくすぐる。

「あぁん、あぁ、あん、あぁっ」

イーサンの腰の律動にしたがって柔襞が震え、彼を締めつける。

夜のひんやりした風がスリットからはみ出した太ももを冷やそうとする。でも、それ以上に早く体温が上がるから、体は熱いまま。

「あっ、あぁ……、だめ、もう……！」

イーサンの肩に噛みついて嬌声を抑えた。

「んっ……んぁっ」

下半身がピクピクと跳ねて、イーサンのすべてをしぼりとろうと内側がうごめく。

「お願い、イーサンもいって……」

それなのに。

彼はわたしの体を離して、勢いよく立ちあがった。

「イーサン？」

わたしの手を引いてうしろ向きに立たせる。

「……あの？」

「アナ、柱につかまって」

東屋《あずまや》の柱に手をつくと、イーサンがわたしの腰を押さえた。彼に向かっておしりを突き出す体勢になる。

「なにをするの？」

「ごめん、ちょっと足を閉じて」

「あっ」

熱いものが太ももの間に挿し込まれた。

イーサンが腰を前後させはじめる。これは、いわゆる素股よね？

「どうして……」

「もう少し、だから」

荒い呼吸。肌と肌がぶつかる音。秘所からもれる卑猥《ひわい》な水音。

異国の花の香水のような強い香りが周囲に漂う。青白い月光の下、つややかな花弁が発光しているようだ。

「う……っ」

やがて背後からうめき声がして、太ももを熱い白濁が濡らした。

「はぁっ、はぁっ」

そのままさらに二、三回腰を動かし、すべて出し切ってから、イーサンはわたしを解放した。

「愛してる」

愛をささやきながら、優しく抱きしめてくれる。――けれど。

「……どうして？」

「ん？」

きょとんとした顔でわたしを見つめるイーサン。

ずっと心にたまっていた不安があふれてきて、わたしの感情はついに爆発した。

パチーンという乾いた音が庭に響きわたる。

「アナ……っ⁉」

わたしは思わず、彼の頬を叩いてしまっていた。

その荒ぶる気持ちのまま、大きな声で叫ぶ。

「なんでなの……⁉」

「は？」

「どうして？　なぜ、いつも外出しするの⁉」

「そ、外出し〜⁉」

わたしとイーサンの素《す》っ頓狂《とんきょう》な叫びが静かな夜の庭に響いた。

「——領主さま、大丈夫ですか？」

途端、少し離れた茂みの向こうから、男性の声がした。

やっぱり見回りの人がいたんだ！

「あ……あ……」

わたしが口もとを押さえて真っ赤になっていると、イーサンが冷静に返した。

「なんでもない。妻と話しあっているだけだ」

「は。失礼いたしました」

低木の葉をカサカサ鳴らしながら、その人が去っていく。

き、聞かれちゃったわよね。

恥ずかしい言葉を臆面もなく叫んでいたし。そ、外出しなんて……

それともその前、あれをしていたときの声も聞こえてしまっていたかしら。抑えたつもりだけど、全然我慢できていなかった気がする。

「ど、どうしましょう」

どこからどこまで知られてしまったの？

焦ってあわあわしていると、イーサンがくすっと笑った。

「なぜ笑っていられるのよ⁉」

「うん。その前に、アナ、俺のこと嫌いになったわけじゃないよな？」

わたしが叩いてしまった頬をさすりながら、イーサンが心配そうにつぶやく。

「あ……あの、ごめんなさい……」

「いや、いいんだ。ただ、はっきり言ってくれるかな。俺のこと、もういやになった？」

「そんなわけない！　大好き。あなただけよ」

イーサンはふーっと大きく息を吐く。

すごく不安にさせてしまったみたいで、なんだか申しわけなくなってしまった。

「よかった。それなら、なんでも耐えられる」

「なんでも……？」

「それだけが俺にとって大事なことだから」

そして改めて東屋《あずまや》の椅子に座って、静かに話してくれた。

「人族にはわからないのかもしれない。一般的に、獣人の新婚夫婦は長めの蜜月休暇を取るものなんだ」

「そうなの？」

「獣種によって期間は違うけど、番《つがい》ができると一定の期間は性欲がより強くなって、制御しづらくなる。神の獣の血がもたらす発情期の名残だって言われている」

「発情期……」

神話では、人族の娘と神獣が結ばれて生まれたと伝わる、獣人という種族。獣の耳やしっぽがあって、不思議な力で獣の姿に変身することもできる。

でも、喜怒哀楽の感情を持って、懸命に生きているのは人族とまったく変わらない。

「そのために蜜月休暇があるんだ。だが、俺たちは今、立場的にそうそう休んでいるわけにもいかないだろう？　だから、昼間は我慢して執務をこなしているんだが、結果、夜に欲が集中してしまっている」

そう、基本的には人族と変わらないんだけど、それでもやっぱり違うところはたくさんあるみたい。絶倫すぎるところとか。

それともわたしが知らないだけで、人族の若い男性もそうなのかしら。

「だから、周囲の者も新婚というのはそういうもんだって慣れているというか、あきらめているというか」

「は、恥ずかしくないの？」

「まあ、照れるっちゃ照れるが、それ以上に番《つがい》に夢中だから」

夢中。それは、番《つがい》、つまりわたしにってことよね？

こちらを見るイーサンの甘い瞳に、頬の熱さが増す。

「でも、人族は違うんだよな。もしかして俺、やってばかりであんたを傷つけた？　もちろん、肉欲だけってわけじゃないんだが……ごめんな」

イーサンがうなだれた。頭の上の獣耳もしょぼんと垂れる。

獣人の夫は体の欲だけではなくて、愛情も深く重いのだ。それは信じられる。

でも、それならなぜ……？

余計わからなくなって、また頭の中を疑問がぐるぐると駆けまわった。

「イーサン、わたしね」

「ああ」

イーサンが覚悟を決めたように顔を上げる。深刻な表情をしていた。

そんな彼にどう説明したらいいんだろう。

「さっきのその……そ、そ、そとだ――いえ、ち、膣外射精？　あ、そういう表現のほうが卑猥《ひわい》かしら！」

単語選びに焦って、またパニックになってしまった。

「外出し……膣外射精……卑猥《ひわい》……」

イーサンはひっそりとその言葉を噛みしめているようだ。

ん？　ズボンの前立てが、また大きくテントを張っている⁉

わたしが見ていることに気づくと、イーサンはそれをそっと上着で隠した。そして、落ち着いた口調でわたしをなだめるように言う。

「アナ、言い方は気にしなくていい。あんたが本物の淑女だってことはわかっているから。俺の前では飾らない言葉でしゃべってほしい」

「あ、ありがとう。じゃあ、あの、外出しで」

「あ、ああ、外出し、な」

イーサンの下腹部が上着を持ちあげて、さらにふくらんだ!?

うん、今は気にしないようにしよう。このままたエッチになだれ込んだら、せっかくの話しあいの機会がなくなってしまう。

「あのね、わたし、結婚以来ずっと疑問だったの」

「………」

「イーサンは子供がたくさん欲しいって言ってたのに、どうして中で出さないの？」

こうなったら勢いで言ってしまおうと、早口でまくしたてた。

……外出しと、中出し。

そう。それがわたしひとりで、ずっと煮詰まっていたこと。

結婚前、初めて抱かれた夜、イーサンはやっぱり膣の外に精を放った。そのとき、彼は言ったのだ。

『まだ子供は早いだろ？』

『赤ちゃん、欲しくない？』

不安になったわたしの耳にイーサンはささやいた。

『子供はたくさん欲しい。以前言ったよな。俺は五男だって。実家はにぎやかで明るかった。アナともあたたかい家庭を作りたいよ』

『……じゃあ、なんで？』

『正式に結婚してから、子供を作ろう。少し待ってくれ。ちゃんと筋を通して、あんたと結婚できるようにするから』

そしてイーサンは本当に筋を通してくれて、わたしたちは正式に結婚することができた。

だけど、もうだれもが認める夫婦のはずなのに、イーサンは中で出してくれないのだ。

実は遊びだったんじゃないかとか、今さらそんなことを思っているわけではない。でも、彼がなにを考えているのかわからなくて、ちょっと気が重くなる。

イーサンはふたたび深いため息をついた。

「それも通じてなかったんだ。そうか……そうだよな」

「え……？」

「以前、獣人の妊娠について話したことがあったな？」

そういえば、聞いた覚えがある。

たしか最初にイーサンと会ったとき。わたしが盗賊に襲われて乱暴されたと思い込んだイーサンが、わたしに『あんた、ほぼ確実に妊娠すると思うよ』と言った。

『俺があんたを抱いてやるよ。俺が抱けば、あんたはあいつらの子ではなく俺の子を孕《はら》むことになる』

レスルーラ王国にいたころ、女性だけが集まる社交の場でも噂になっていた。

いわく、相手の獣人が強いほど妊娠の確率は上がる。複数の人とセックスした場合、一番強い男の子供を孕《はら》むと。

「俺が抱いたら、すぐ子ができる」

「すぐ……」

「ああ。……あ、試したことはないぞ⁉」

急にイーサンの額に汗が噴き出した。

あれ？　イーサン、焦ってる？

「……隠し子なんか、いないわよね？」

「いない！　失敗したことはない！」

「…………」

「あ」

「ふーん、失敗、ね」

そりゃまあ、わたしだってイーサンみたいな素敵な人が、この年まで童貞だなんて思ってはいないけど。

それとこれとは別。複雑な気分だ。

「ごめん。俺も童貞を取っておくんだったな」

「はい？」

「あー、だけど！　中出しは初めてだから！　あんたの中に出したい。あんたがいい。アナに初めての子種をもらってほしいんだ」

「は……はい？　初めての……ふ……ふふ、あははっ」

イーサンの予想外の反応に、淑女らしくなく大口を開けて笑ってしまった。

「ば、ばかね。あは、あははは っ」

「アナ……」

イーサンはしかめつらをして、表情を崩すのをこらえている。

やっとわたしの笑いが止まると、彼は真面目な顔に戻った。

「俺の家族に会いたいって言ってただろ？」

「ええ、そうね。ごあいさつしたいわ」

「領主就任後の急ぎの仕事を片づけたら、少し蜜月休暇を取って俺の故郷に連れていこうと思っていたんだ」

「まあ」

「一週間ほどの馬車の旅になるから、それまでは妊娠させられないと思ってさ」

わたしの体のことを考えてくれたんだ。

イーサンはポリポリと黒い耳の下をかいた。

「それにさ、もうしばらくあんたを独占していたいかな」

「独占？　わたしはあなただけの妻だけど」

「でも、子ができたら、子供のものにもなるだろ？」

「あ……」

長い腕としっぽをわたしのウエストに絡みつけ、イーサンが優しくささやいた。

「やっと目処《めど》が立ってきたから、明日にでも言おうと思ってた。ひと月後に出発しよう」

「旅行の準備をしなきゃね。お土産《みやげ》はなにがいいかしら」

「そんなものいらないって。アナが来てくれるだけで十分」

「そういうわけにはいかないわ」

「うーん、じゃあ肉だな！　肉があればやつらは満足する」

「ふふ。評判のよさそうな腸詰め肉を探してみるわ」

蜜月休暇の旅行。前世風にいうと、新婚旅行よね。

イーサンの故郷はどんなところなんだろう。

彼の不可解な行動の理由がわかると、さっきまでの鬱屈《うっくつ》が嘘みたいに消えて、ひと月後が楽しみになってきた。


チェナーラから南東へ馬車で一週間。農地や牧草地の中の道をのんびり進む。

大都市を結ぶ主要な街道ではないので、それほど整備はされていないが、大型の馬車が通れないほどではない。

到着したイーサンの故郷は緑豊かな村だった。

村の入り口ではさまざまな種の獣人が、何台も連なってやってきた馬車をにぎやかに出迎えてくれる。

その先頭にいたのが、イーサンの家族だった。

「おかえり、イーサン。アナスタージアさま、ようこそおいでくださいました」

背の高い豹の獣人の男性があいさつをしてくれた。

イーサンの父親だ。

黒い髪に琥珀色《こはくいろ》の瞳。顔立ちがイーサンによく似ているので、すぐわかった。

イーサンよりも少し背が低くて、笑顔が穏やか。イーサンが年を取ったら、こんなかんじになるのかしら。

そのお義父さまの横に立っているのは、どっしりとしたネコ科の女性。たぶん彼女がお義母さまだろう。

太っているというよりはむっちりとしていて、丸顔の横に小さなアッシュグレーの耳がついている。

「イーサン、あんたがまさかチェナーラの領主さまになるだなんて、びっくりしたよ」

そう言って微笑む母親を軽く抱きしめると、イーサンはわたしに向き直った。

「アナ、父と母だ。親父、母さん、こっちがアナスタージア。俺の番《つがい》だ」

紹介を受けて頭を下げると、イーサンがこっそり耳打ちしてきた。

「親父は黒豹の獣人で、母はマヌルネコの獣人なんだ。俺以外の兄弟はみんな、母の血を強く引いている」

イーサンの両親のうしろには、お義母さまよりも少し大柄な男性が五人。がっしりした体型だけど、黒豹の獣人であるお義父さまやイーサンよりはかなり小さい。

家族の中で、イーサンだけがずば抜けて体格がいいのだ。こうして見ると、イーサンが村を出て騎士団に志願した理由がよくわかった。

マヌルネコのお義母さまがゆったりした口調で歓迎してくれた。

「さあ、長旅で疲れたでしょう。村長さんの家の離れを貸してもらったから、ゆっくり休んでちょうだいね」

イーサンの家族は、本当にお肉大好き一家だった。

お土産《みやげ》の肉類もとても喜ばれた。腸詰めに塩漬け肉、燻製肉など馬車一台ぶん。村の人たちにもわけてもらうことにする。

荷物を片づけてひと休みしたあと、イーサンが実家に連れていってくれた。大きめの平屋の農家だ。

「ここが俺の生まれた家。牧場で肉牛を育てている」

お仕事も肉関係なのね。徹底した肉食ぶりに感心してしまった。

夕飯はその実家でいただいた。

見るからに〝お姫さま〟なわたしに最初は恐縮していた兄弟も、次第にうちとけて自分たちの家族を紹介してくれた。

イーサンには兄が四人と弟がひとりいて、みんなもう結婚している。子供も多い。

「アナさんは、子供はどうするんだい？」

「はい。旅行から帰ったら考えようかと思っています」

「そうだな。身ごもったら長旅は無理だもんなあ。今回は村まで来てくれてありがとう」

一番上のお義兄さまが少し酔っ払った状態で話しかけてくる。

「俺たちが結婚式に出席できたらよかったんだけどな。妊娠中の妻を連れて旅なんて行けないし、妻を残して家を離れるのもつらくてな」

「愛妻家なんですね」

「いやー、獣人なんてみんなこんなもんさ。番《つがい》が一番！」

お義兄さまが酒の杯を振りあげると、兄弟たちがそろって「番《つがい》が一番！」「番《つがい》、最高！」と乾杯しはじめる。

あきれるほど愛妻家ぞろいに見えるけれど、みんなにそれが獣人の習性だと言われるとなんだか納得してしまった。

『獣人は番《つがい》を得たら全力で相手を愛するものだ』というイーサンの言葉も、大げさじゃなかったのね。

宴会の最後には、酔った兄弟がいっせいに獣化してくれた。もちろん、みんなが服を脱ぎ捨てた瞬間は、イーサンに目をふさがれたけど。

「まあぁぁぁ……！」

目を開けたときに見えたのは、もふもふムチムチなマヌルネコの集団！

あまりのもふもふっぷりにうっとりしていたら、イーサンがすねてしまったのか、むっとしながら黒豹に変化した。豹のほうがいいだろ、と言わんばかりに体をこすりつけてくる。

ああ、幸せ……

あたたかい家族に、素晴らしいもふもふ。

それほど長い休暇が取れなかったので、村での滞在はほんの数日だったけれど、素敵な思い出になった。


獣人の遺伝ってどうなっているのかしら。

わたしとイーサンの子は人族なのか、黒豹の獣人なのか。どっちで生まれてくるのかな。どっちでもかわいいとは思うけど。

そんなことを考えていたら、イーサンがわたしの最奥を強く突いた。

「余裕がありそうだな」

「あ……っ、そこはだめ、感じすぎちゃう……！」

「もっと感じて。今夜はいくらでも」

チェナーラの館に帰宅して、何日か経ったあと。

『そろそろ疲れは取れた？』というイーサンの何気ない問いかけが合図だった。

わたしは飢えた獣のようなイーサンにむさぼられていた。

「やあっ、ああ」

イーサンの激しい抽挿に寝台が揺れる。

いつもよりも大きく感じるそれを挿入されながら、胸の先端を執拗にいじられると頭がおかしくなりそうになる。

「あぁん、つまんじゃだめ……！」

「今日のあんたはだめばっかりだな。どこならいいの？　言ってみて」

「……え？」

いいところを口にするなんて、さすがに恥ずかしすぎてできない。

子宮まで届く長い肉棒でグリグリとえぐられる。下腹部に鈍痛のような痺《しび》れが走って、中が蠢動《しゅんどう》する。

「あっ、あっ、やぁ」

「ここはいい？」

「いいっ、いいからもっと……っ」

「奥？　入り口のあたりも好きだよな」

「好きっ、好きぃっ」

浅いところをこすられると、また別の悦びが湧きあがる。

いついったのかもわからない。快感がすごすぎて、ずっと頂点にいる気がする。

「イーサン……！」

腕を伸ばしてたくましい肩にぎゅうっと抱きつくと、屹立の当たる角度が変わって、新たな気持ちよさに体が震えた。

膣壁が痙攣《けいれん》して、わたしのいいところを攻めつづけていた硬くて長い陰茎を吸いあげるように締めつける。

「あ、あん、あ、あっ、あああぁっ」

「ふっ、く……っ」

イーサンが抜き挿しのスピードを上げた。

彼の息が荒い。額にもびっしょりと汗が浮かんでいる。

「イーサンもいい？　いきそう？」

「ああ、気持ちいい。もう出てしまいそうだ」

「うん。いっぱい、いって？」

「アナ……！」

「あん、ああ、わたしもいく、またいっちゃう。あぁぁぁん！」

イーサンを包む柔肉が収縮して、また彼を締めつけた。中が無意識にうごめいてしまって止まらない。

「うぅっ」

「あぁ、あぁん、ひあぁぁっ」

「アナ、中で出してもいいか」

イーサンはぐっと眉間にしわを寄せていた。

これまで見たことがないほど、余裕のない表情。

彼の汗がポタポタとわたしの頬に落ちてくる。

「出して！　いっぱい中で出して！」

「アナ……アナスタージア……！」

イーサンのたくましい体がわたしの足の間でぶるりと震えた。

もっと奥へ、突きあたりのさらにその奥へと入り込もうとするように、何度も何度も腰を押しつける。

「あ……ん……」

イーサンの脈動を感じた。

収縮する蜜穴の中で、男の欲望がドクッドクッと力強く脈打っている。熱いものが勢いよくあふれる。

「くぅ……！　あ……ああ……！　はぁっ、はぁっ、はぁっ」

イーサンが射精していた。

ぎゅっと目を閉じて快感をこらえる様子は、まるで苦悶しているかのようだ。

「イーサンの、出てる……」

すべてをそそぎ込もうと、最後にもう一度腰を突きあげるイーサン。こらえにこらえて放出された子種が、大量に子宮の奥へと流れ込む。

その感覚には、考えていた以上の感動があった。

体の表面は、汗だくで、いろんな体液にまみれている。普通なら、すぐにでも洗い流したくなるところだ。

でも、そんなしたたり落ちる汗だって愛おしかった。そのうえ、内側も彼の白濁に染まったのだ。初めて、わたしの中で、彼とわたしの愛がひとつになった。

「ふぅ……！」

大きく息を吐いたイーサンがわたしの上に倒れてきた。それでも、顔の横にひじをついて体重がかからないようにしてくれる。

「アナ、愛してる……」

さっきまでの嵐のような激しさが嘘みたいに優しい口づけが降ってきて。

わたしは、幸福で満ち足りる。

どんな運命のいたずらなのか、国を追放されたすえに、獣人の国にたどりついた。伯爵令嬢として暮らしていたときには、ブライ帝国を訪れることなんて考えもしなかったのに。

そして、今やわたしは、黒豹の獣人の番《つがい》になっているのだ。

不思議すぎる運命のめぐりあわせ。

ここに至るまでにも、いろんなことがあった。旅の道中で、魔都チェナーラで、イーサンの故郷で、たくさんの人と出会って。

この世界が本当に乙女ゲームの世界なのかどうかは、いまだにわからない。もしかしたら前世の記憶だって、わたしの単なる妄想なのかもしれない。

でも、この世の真実がなんであったとしても、出会えた人々は本物だ。

だれかを愛して、家族を作って、楽しいことばかりではない毎日を一生懸命生きている。

名もなき人々。乙女ゲームには、モブとしてすら出てこない、普通の人々。

乙女ゲームのエンドロールに名前がなくても、みんなそれぞれの人生の主役なのだ。

「イーサン、わたしと出会ってくれてありがとう」

「ん？　なんだ？」

「愛してる」

「俺のほうが愛してる」

「わたしのほうがたくさん愛してる！」

「俺だよ。もっと思い知らせてやらなきゃな」

中に入ったままだったイーサンの欲望がまた大きくなる。

寝台のシーツを明るい月光が照らしていた。満月の夜にだけ咲くという花の芳香がどこからか漂ってくる。

夜空に薄い雲が走り、新しい命の芽吹きを祝福するかのように月が明るくまたたいた。

「明日は晴れやかなお天気になりそうね」

「昼前には起きられるように……善処する」

「ふふ」

わたしはイーサンの腰に足を絡ませて、愛しい人をうっとりと見あげる。

その視線に応えるように、イーサンの黒い豹のしっぽがわたしのウエストに絡みついた。

「おはよう、アナ」

「…………」

結局、起きたのはお昼すぎだった。カーテンの隙間から明るい青空が垣間見える。

だって、イーサンったら明け方まで……！

覚悟はしていたけれど、本気を出した獣人の愛がこんなに激しいなんて。そして、こんなに体が痛いなんて!!

久しぶりの筋肉痛だ。

「アナ、体は大丈夫？」

甘くとろけるような笑顔で、わたしの額に口づけをしてくる黒豹の獣人。

「大丈夫じゃない」

ちょっと恥ずかしくてすねてみる。わたしも昨夜は夢中になってしまった自覚があったから、怒ることはできない。

でも、すねただけなのに、イーサンの豹の耳は叱られた仔猫みたいにしょんぼりと垂れた。その姿がかわいくて、ついクスクスと笑ってしまった。

はっと顔を上げる彼に、笑顔を向ける。

「やっと笑った。よかった。俺はずっとあんたの笑顔だけ見ていたいよ」

イーサンはほっとしたように微笑み、唇にキスをしてきた。

大きな手がこりずに、胸のあたりでいたずらを始めようとする。

「イーサン！　だーめ」

「今日は休みなんだ。少しだけ、な？」

「もう体が動かないし、おなかが空いちゃった」

彼の長いしっぽが、毛布の中からピーンと現れた。

「そ、そうか！　今、食事をもらってくる！」

全裸のまま寝台から飛び出して、いそいそと外に行こうとするイーサン。

「待って、服くらい着て！」

「ん？　ああ、そうだな。すぐ戻るから、あんたはそのまま待ってて。服は着ちゃだめだぞ」

「はぁい。……ん？　はい!?」

昨夜勢いのままに脱ぎ捨てた服を適当に身にまとって、イーサンが寝室を出ていった。

最初のころはちょっと軽薄そうに見えたけど、意外と尽くすタイプなのかしら？

イーサンは、夜以外はとても優しくしてくれる。閨《ねや》も……優しいけれど、たまに意地悪で、結構強引。

そんなところも好きだけど。

わたしは毛布の下の裸のおなかをなでた。

空腹なのはもちろんだけれど、ひょっとしたら、もうここに授かっているのかしら、と。

彼が戻ってきたら聞いてみよう。もちろん昨日の今日で、わたしには全然実感がない。でも勘のいい獣人なら、なにかわかるかもしれない。

「イーサンとの子供……」

不安もあるけど、イーサンがいれば、なにがあっても大丈夫。

わたしは黒豹の夫を信じている。そんなふうにだれかを信じられるのは、きっととても幸せなことなのだ。

寝室のドアが開いて、屋敷の料理人が作ってくれたであろうスープのいい匂いが漂ってきた。

戻ってきたイーサンが片手でざっとカーテンを開ける。一気に差し込んできた午後の日差しがまぶしい。

「やっぱりいいお天気になったわね」

「そうだな。当分は晴れるだろう」

快晴の日が続いても、そのあとは雨が降るかもしれない。もしかしたら嵐もあるかもしれない。

空も人生も、晴れたり曇ったり。これからいろんなことがあるだろうけど、この人とならどんなときも乗り越えていける。

わたしは目を細めて、愛しい人の穏やかな琥珀色《こはくいろ》の瞳を見あげた。

濃蜜ラブファンタジー
ノーチェブックス

媚薬から始まる
溺甘ラブコメ!!

嫌われ女騎士は塩対応だった堅物騎士様と蜜愛中!

愚者の花道

Canaan
イラスト:北沢きょう

女騎士・ヘザーは平民出身の成り上がりとして後ろ指を刺されていたが、仕えていた王女が異国に嫁いだことをきっかけに超エリートで鬼教官な堅物騎士・ヒューイの下に部下として配属される。ところがヘザーは以前、敵対する同僚から媚薬を盛られた際に、とんでもない痴態をヒューイに目撃されていて……

詳しくは公式サイトにてご確認ください
https://noche.alphapolis.co.jp/
携帯サイトはこちらから!▶

この作品に対する皆様のご意見・ご感想をお待ちしております。

おハガキ・お手紙は以下の宛先にお送りください。

【宛先】

〒150-6008 東京都渋谷区恵比寿 4-20-3 恵比寿ｶﾞｰﾃﾞﾝﾌﾟﾚｲｽﾀﾜｰ 8F
（株）アルファポリス　書籍感想係

メールフォームでのご意見・ご感想は右のＱＲコードから、
あるいは以下のワードで検索をかけてください。

アルファポリス　書籍の感想　検索

ご感想はこちらから

本書は、Webサイト「アルファポリス」(https://www.alphapolis.co.jp/) に掲載されていたものを、
改題・改稿のうえ書籍化したものです。

婚約《こんやく》破棄《はき》&《あんど》国外追放《こくがいついほう》された悪役令嬢《あくやくれいじょう》のわたしが隣国《りんごく》で溺愛《できあい》されるなんて!?　～追放先《ついほうさき》の獣人《じゅうじん》の国《くに》で幸《しあわ》せになりますね～

月夜野繭（つきよの まゆ）

2023年 7月 25日初版発行

編集－塙綾子
編集長－倉持真理
発行者－梶本雄介
発行所－株式会社アルファポリス
〒150-6008 東京都渋谷区恵比寿4-20-3 恵比寿ｶﾞｰﾃﾞﾝﾌﾟﾚｲｽﾀﾜｰ8F
TEL 03-6277-1601（営業） 03-6277-1602（編集）
URL https://www.alphapolis.co.jp/
発売元－株式会社星雲社（共同出版社・流通責任出版社）
〒112-0005 東京都文京区水道1-3-30
TEL 03-3868-3275
装丁イラスト－アオイ冬子
装丁デザイン－AFTERGLOW
（レーベルフォーマットデザイン―團 夢見（imagejack））
印刷－株式会社暁印刷

価格はカバーに表示されてあります。

落丁乱丁の場合はアルファポリスまでご連絡ください。

送料は小社負担でお取り替えします。


ISBN978-4-434-32300-3 C0093